Eine Katzendame namens Fräulein Schulz (2)

....und dann kamen Bobo und Philip

von Clarissa Benneten

Impressum:

Bibliografische Information der Deutschen Nationalbibliothek: Die Deutsche Nationalbibliothek verzeichnet diese Publikation in der Deutschen Nationalbibliografie; detaillierte bibliografische Daten sind im Internet über dnb.dnb.de abrufbar.

Herstellung und Verlag:
BoD – Books on Demand, Norderstedt
ISBN: 9783752690897

FSC
www.fsc.org

MIX
Papier aus verantwortungsvollen Quellen
Paper from responsible sources
FSC® C105338

Eine Katzendame namens Fräulein Schulz (2)

....und dann kamen Bobo und Philip

Dies ist die Fortsetzung der wahren Geschichte, die auf Mallorca begann. Es geht um die besondere Beziehung zwischen der außergewöhnlichen Katzendame Fräulein Schulz, ihren drei Kindern und ihren menschlichen Familienmitgliedern Anna und Ulf. Nach dem aufregenden Umzug von Mallorca nach Brandenburg in die malerische Landschaft entlang des Flusses Schwarze Elster leben sich alle dort allmählich ein. Die Katzenfamilie schneller und besser als ihre Menschen es je gedacht hatten. Auch hier, wie vorher auf Mallorca, ist die Umgebung mit Feldern, Wiesen und Wäldern wie geschaffen für die vier Freigänger. Doch natürlich nicht nur für sie. In der ländlichen Idylle kümmern sich viele Familien um samtpfotige Mitglieder. Aber es gibt auch die Zurückgelassenen, die Entlaufenen und kleine Abenteurer die weniger Glück im Leben hatten und ohne Familienanschluss als Streuner auf sich allein gestellt sind. Zwei davon hinterlassen ihre Spuren nicht nur im Schnee: Die Streuner Bobo und Philip.

Kapitel 1

Auf der Jagd nach Beute und dem großen Glück

Eine feine Schicht Pulverschnee lag über den Wiesen und Wäldern rund um den Badesee. Die Oberfläche des Sees war fast vollständig zugefroren. Es sah wunderschön aus für menschliche Augen; Bäume, überzogen mit weißen Eiskristallen, Wege, Wiesen, Schilf und die sich hinter immergrünen Hecken duckenden Ferienhäuser wirkten wie mit Puderzucker bestäubt. Es war ein idyllischer Wintermorgen als die Sonne an diesem Wintermorgen über dem Ostufer aufging.

Seine Pfoten jagten über den kalten, verschneiten Waldboden. Der Schnee wirbelte auf. Unter seinem Gewicht brachen kleine Zweige, trockenes Laub knisterte, Dornen piksten in die Ballen seiner geschmeidigen Tatzen. Das alles bemerkte der kleine Jäger nicht. Seine Haltung und jeder Muskel seines Körpers waren angespannt, sein Blick fixiert auf die fliehende Beute. Das Wildkaninchen schlug ein paar Haken und gewann an Vorsprung. Der Jäger blieb dran, verfolgte sein Ziel bis es ganz plötzlich vor ihm verschwand. Mit zwei weiteren großen Sätzen erreichte der schwarze Kater den Kaninchenbau, wo sich seine erhoffte Beute in Sicherheit gebracht hatte. Er steckte den Kopf in die kleine Öffnung, sie war zu eng für ihn! Dem Kaninchen konnte er dort hinein nicht folgen. Mit seinen Vorderpfoten scharrend versuchte er den Eingang zu vergrößern, doch hart gefrorener Boden und Wurzelwerk verhinderten sein Vorhaben.

Das kleine Kaninchen war entkommen. Fürs Erste. Der Kater hockte sich seitlich vor die Öffnung des Kaninchenbaus. Solch ein Fang würde ihm den Tag versüßen und ihn bis morgen Abend satt machen. Geduldig wartete er ab, ob das Kaninchen den Bau durch diesen Gang wieder verlässt. Er wartete lange. Die Kälte durchdrang irgendwann sein dichtes, schwarzes Fell. Trotz vielversprechendem, sonnigem Start in den Tag hatte sich der Himmel wieder zugezogen und jetzt fielen dicke, nasse Schneeflocken die auf seinem Fell schmolzen. Sein Hunger war groß aber das war nicht neu für ihn, denn er war tagelanges Hungern gewöhnt. Diese Jahreszeit war immer schwierig für ihn und seine Streuner-Kumpels hier am See. Auch Beute macht sich in den Wintermonaten rar.

Er reckte seine von der Kälte steifen Glieder und machte sich langsam auf den Weg zurück in die Ferienhaussiedlung, direkt am See. Dort, auf der Terrasse eines kleinen Bungalows, gab es eine Futterstelle, die jeden frühen Morgen von einer lieben, älteren Dame frisch bestückt wurde mit Trockenfutter. Eine zuverlässige Hilfe für ihn und die anderen herrenlosen Katzen, die sich das Revier teilten. Seine Sinne waren noch immer geschärft, er nahm jedes Knistern und jede Bewegung in der Umgebung wahr. Eine Amsel schreckte zeternd aus einer Hecke auf, als sie ihn bemerkte. Sein schwarzes Fell auf dem weißen Untergrund verriet seine Anwesenheit deutlicher als sonst. Keine Chance für den Jäger. Zwei Eichhörnchen spielten hoch oben in einer alten Buche fangen. Er hatte keine Geduld, abzuwarten bis sie vielleicht hinunter auf den Boden kommen würden. Diese Tiere sind ohnehin meistens zu schnell wieder auf den alten Bäumen mit den dicken, bis in große Höhe astfreien Stämmen, wohin er ihnen nicht folgen konnte. Er lief auf direktem Weg durch die Siedlung, während der Schneefall zunahm.

An diesem Morgen war er zu spät dran. Die anderen Katzen hatten bereits alle Futternäpfe geleert. Gerade noch drei Trockenfutterkroketten fand er auf dem Boden. Auch die geschützten Schlafplätze in dem Verschlag hinter dem Bungalow waren bereits belegt. Schnee wehte unter das Terrassendach des Bungalows. Hier konnte er nicht bleiben und um sich mit den anderen um einen Platz im Verschlag zu streiten, fehlte ihm gerade die Energie. Bei diesem Wetter war es sehr wahrscheinlich, dass er nun fast vierundzwanzig Stunden auf die nächste Mahlzeit warten musste.

Er kannte jeden Quadratzentimeter seines Reviers hier am See und in der Umgebung. So fand er einen geschützten Ruheplatz im Holzlager eines Nachbar-Bungalows. Dort rollte er sich zusammen und schlief ohne vorherige Fellpflege ein. Wenn es nichts zu fressen gibt, muss ein Kater mit seinen Kräften haushalten. Parasiten ließen ihn nicht lange zur Ruhe kommen. Sein Fell juckte. Natürlich wusste er nicht warum, er spürte nur starkes Verlangen, sich zu kratzen. Immer wieder, bis ihn schließlich die Müdigkeit endgültig übermannte und er fest einschlief. Er träumte von einer fetten Maus, ein paar Schlückchen warmer Milch und besseren Zeiten.

Die gab es. Vor allem in der warmen Jahreszeit kamen manchmal Menschen in die Feriensiedlung, die ihm wohlgesonnen waren. Sie gaben ihm Futter und Zuwendung. Aber es gab auch die Anderen. Die nämlich, die ihn beschimpften, verjagten und mit Gegenständen nach ihm warfen. Auch Tritte hatte er schon abbekommen. Danach hatte er wochenlang nicht jagen können, weil ihn so große Schmerzen plagten. Aber er hatte überlebt.

Auch die vielen Verletzungen, die ihm Artgenossen in unzähligen Kämpfen beigebracht hatten, konnten ihn nicht umbringen. Und doch war es oft sehr schlecht um ihn bestellt. Die größten Gefahren gingen meistens von Menschen aus. Die bewegten sich in riesigen, gefährlichen Maschinen fort und nahmen dann kaum Rücksicht auf einen kleinen, schwarzen Streuner am Straßenrand. Einmal hatte ihn so eine Maschine gestreift und seine linke Hinterpfote verletzt. Seitdem war er vorsichtiger geworden und achtete auf ausreichend Abstand zu den gefährlichen Maschinen. Auch hatte er ein Gespür dafür entwickelt, tierliebe von nicht tierlieben Menschen zu unterscheiden. Argwohn war dabei sein bester Ratgeber. Bei Unbekannten hielt er anfangs stets genügend Abstand, auch wenn sie ihn riefen oder ihn mit Futter lockten. Sein Leben war ein ständiges Auf und Ab. Für das Auf waren meist liebe Menschen verantwortlich. Manche kamen immer wieder in die Feriensiedlung am See zurück. Dann ging es ihm für Tage oder Wochen gut. Doch oft, wenn er gerade Vertrauen gefasst hatte, blieben diese Menschen plötzlich weg. Tagelang saß er dann wartend vor dem Ferienhaus, wo man lieb zu ihm gewesen war, ihn gefüttert und manchmal gestreichelt hatte. Doch die Menschen kamen so bald nicht zurück, wenn überhaupt. Dafür kamen andere, ohne jede Ankündigung. Einmal öffnete sich die Türe des Ferienhauses, wo sich vorher liebe Menschen um ihn gekümmert hatten, doch statt Futter und Ansprache warf der ihm unbekannte Mann eine leere Glasflasche hinter ihm her. Wie soll ein Kater das denn verstehen? Heute war er willkommen, morgen verabscheute man ihn. Die Summe seiner Erfahrung prägte seinen Charakter. Er war vorsichtig und trotz allem immer noch zugänglich und kein bisschen aggressiv oder hinterhältig. Jederzeit offen für neue Beziehungen.

Beziehungen zu Artgenossen, zu Menschen und oftmals sogar zu deren Hunden.

Von Kämpfen mit Artgenossen hielt er überhaupt nichts mehr. Aber nicht alle Kater sind so wie er. Manche sind überaus angriffslustig, haben Angst, ihr Revier zu verlieren oder raufen um das eine oder andere Katzenmädchen. Und auch die Kätzinnen können ganz schön garstig werden. Früher, als junger Kater, hatte er mitgekämpft und auch manchmal damit angefangen. Heute suchte er seinen Frieden und tief in seinem Herzen Halt bei einem einzigen, echten Freund.

Kapitel 2

Auf gute Nachbarschaft?

Einige Stunden hatte er im Holzlager geschlafen als ihn sein knurrender Magen aufweckte. Behäbig dehnte er seine Glieder und wagte einen Blick nach draußen. Inzwischen war die Schneeschicht auf gute zehn Zentimeter angewachsen. Der Schnee war nass, genauso wie die Luft aber es hatte aufgehört, zu schneien.

Er erinnerte sich an einige Plätze wo er in der Vergangenheit hin und wieder Zugang zu Nahrung erlangt hatte. In der Umgebung der Feriensiedlung lebten Katzen in den Häusern ihrer Menschen. Solchen Menschen, die sich immer um ihre Tiere kümmern, sie umsorgen und lieb zu ihnen sind. Dort wollte er sein Glück versuchen, auch wenn die Aussichten auf Erfolg eher gering waren.

Auf dem Weg dorthin passierte er einige Müllbehälter. Alle waren leer. Auch das gehört im Winter zum Streuner-Alltag am See. Wenn die Siedlung nicht belebt ist, wird auch kein Müll produziert. Das bedeutet, es gibt keine Essensreste woran sich eine Katze satt fressen könnte. Durch den Schnee stapfte er entlang der Wege hinaus aus der Siedlung. Es war ein beschwerlicher Gang, aber der Hunger trieb ihn abermals an. In der Nachbarschaft, dort wo Menschen das ganze Jahr über wohnten, steuerte er eines der Häuser an, in dem zwei Miezen lebten. Manchmal lassen sie etwas in ihren Näpfen und wenn er Glück hat, stehen diese draußen auf der Terrasse. Doch diesmal hatte er auch hier Pech. Durch das große Terrassenfenster konnte er in ein geräumiges Zimmer schauen. Die Näpfe standen drinnen, direkt hinter dem Fenster, sie waren gut gefüllt. Die beiden Katzen räkelten sich auf bequem aussehenden Sesseln. Sie kannten ihn und er kannte sie. Freunde waren sie nicht aber auch keine Feinde. Sicher würden sie ihm etwas abgeben, aber die schwere Balkontür aus Glas konnten sie nicht öffnen. Der Speichel lief ihm im Mund zusammen beim Anblick des Futters direkt vor seiner Nase. Beinahe konnte er es riechen. Die Menschen, die hier leben waren nicht zu sehen. Eine der beiden Katzen stieg gemächlich von ihrem warmen Schlafplatz und kam herüber zu ihm an die Fensterscheibe. Vis a vis standen sich die beiden gegenüber. Ein leises Miau sollte ihr sagen, dass er Hunger hat. Und als ob sie ihm zeigen wollte, dass dies nicht sein Futter ist, ging sie ein paar Schritte zu ihrem Napf und fraß genüsslich den Rest des Futters auf, über das er sich riesig gefreut hätte.

Ihm wurde klar, dass er auch hier keinen Erfolg haben würde. Er wandte sich ab und lief die Straße entlang, die in die Stadt hinein führte. Als er aus dem Schutz der Wohnsiedlung heraustrat, auf eine große freie Fläche, blies ihm schneidender, eiskalter Wind entgegen, der hier schon für Schneeverwehungen gesorgt hatte. Er beeilte sich, die Fläche zu überwinden, denn in der nächsten Ferienhaussiedlung würde er ein wenig mehr Schutz vor dem grässlichen Wind finden.

Wider besseres Wissen hatte Anna an diesem Nachmittag ihrer Katze Taxi noch einen Spaziergang im Garten gewährt. Ihre anderen drei Fellnasen Fräulein Schulz, Angus und Mary lagen im warmen Haus auf ihren Schlafplätzen und ließen den ersten richtig verschneiten Wintertag, den sie hier in ihrem erst kürzlich bezogenen neuen Zuhause erlebten, einfach so verstreichen. Ein bisschen Schnee hatten sie auf Mallorca kennengelernt, wo sie bis letztes Jahr mit Anna und Ulf gelebt hatten und wo Angus, Mary und Taxi aufgewachsen waren. Aber der Winter hier war etwas ganz anderes. Plötzlich war alles weiß geworden und noch viel kälter als sie es in ihrem zweijährigen Katzendasein erlebt hatten. Das kalte Weiß war an ihren Pfoten kleben geblieben und am Nachmittag war es so hoch geworden, dass sogar ihre Bäuche das seltsame, kalte Zeug berührten wenn sie mit ihren Pfoten darin einsanken. Auch bei der Orientierung war die weiße Masse nicht hilfreich, denn alles sah ganz anders aus als sonst. Selbst ihre Scharrplätze, an denen sie sonst ihre „Geschäfte" erledigten, konnten sie nicht wiederfinden. In der Erde zu wühlen, war gar unmöglich denn unter dem Schnee war sie noch kälter und steinhart gefroren. Also blieben sie hier im warmen Haus bei Anna.

Taxis Neugier führte sie in die kleine Wochenendhaus-Siedlung, auf dem direkten Nachbargrundstück. Sie wollte wissen, wo das kalte, weiße Zeug, das da überall auf dem Boden lag, denn nun aufhörte. Die Dämmerung hatte schon eingesetzt, als sie sich entschloss, langsam den Heimweg anzutreten, denn das weiße, kalte Zeug lag einfach überall, egal in welche Richtung sie schaute. In diesem Augenblick nahm sie hinter einer kleinen Hecke eine Bewegung wahr. Ein Familienmitglied? Ihre Mama, ihre Schwester oder ihr Bruder? Ein Nachbarskater?

Der schwarze Kater hatte sie auch gesehen. Ein wohlgemeintes Gurren zur Begrüßung sollte sie freundlich stimmen, während er sich ihr sehr langsam näherte. Als Taxi entdeckte, dass er kein Mitglied ihrer Familie ist, stellte sie sich schräg zu ihm, machte einen beeindruckenden, runden Buckel, richtete ihre Schwanz-

und Rückenhaare auf und mauzte ihm ein lautstarkes, eindeutiges „Vorsicht Freundchen" entgegen. Mit gesenktem Kopf näherte sich der Schwarze der ebenfalls Schwarzen ganz langsam mit leisen Gurrlauten. Seine Haltung signalisierte Freundschaft, wirkte sogar ein bisschen unterwürfig. Er legte sich vor sie im Schnee auf den Bauch und schaute von unten in ihr hübsches Gesicht mit wunderschönen, grünen Mandelaugen. Taxi reckte sich ihm ein bisschen entgegen, um ihn zu beschnuppern. Nase an Nase stand sie ihm direkt gegenüber. Jetzt nur nichts falsch machen. Eine hektische Bewegung, ein Zucken, ein falscher Blick oder missverständliche Körpersprache und es könnte ein Kampf entbrennen, bei dem es keinen Gewinner gibt. Wahrscheinlich dachte sie: " So ein arroganter Schnösel. Wir kennen uns nicht und er macht auf Freundschaft."

Aber es ging gut. Auch Taxi senkte den Kopf und gurrte freundliche Laute in das Gesicht des kräftig untersetzten, schwarzen Katers. Sie hatte spontan Lust, ihn besser kennenzulernen. Auch sie drückte sich in den Schnee, um sofort darauf wieder aufzuspringen, sich mit allen Vieren in der Luft zu drehen, sich ein Stückchen von ihm zu entfernen, sich wieder in den Schnee zu drücken in der Erwartung, dass er ihr folgt und das Fangenspiel erwidert. Trotz großem Hunger und eigentlich schlechter Laune ließ sich der fremde, schwarze Kater auf Taxis Spielangebot ein. Sie tobten durch den Schnee, den sie scheinbar völlig vergessen hatten, so als ob sie sich gesucht und gefunden hätten. Wie selbstverständlich bewegten sie sich spielend und tobend hinüber zu Taxis Zuhause. Inzwischen war es tief dunkel geworden.

15

Anna war auf dem Sofa vor dem Fernseher eingeschlafen. Sie hatte die Katzenklappen offengelassen, damit Taxi ins Haus konnte. Beeindruckt folgte der schwarze Kater seiner neuen Freundin ins Haus und machte sich gemeinsam mit ihr über das in der Küche bereitstehende Futter her. Endlich hatte er etwas im Magen und vielleicht, so schien es, eine neue Freundin gefunden. Doch die Harmonie währte nicht lange. Fräulein Schulz, Taxis Mama, die neben Anna auf dem Sofa lag, witterte das fremde Tier. Mit einem geschmeidigen Satz vom Sofa weckte sie Anna auf und schlich tief brummend in Richtung Küche und Futterstelle. Aufgeschreckt von dem Verhalten ihrer „Großen" folgte Anna ihr in die Küche und sah gerade noch aus den Augenwinkeln, wie Taxi durch die offene Katzenklappe wieder nach draußen entschwand. Den Fußboden beschnuppernd folgte Fräulein Schulz ihrer Tochter Taxi und Anna wunderte sich, weshalb sich Mamakatze Schulz so seltsam verhielt. Schließlich war doch nur Taxi drinnen zum Fressen gewesen. Kein Grund also, ihrer Meinung nach, für diese Aufregung.

Der Schwarze beschloss, das Weite zu suchen. Er war gar nicht so überrascht, hier weitere Artgenossen zu treffen, denn natürlich hatte er mehrere Katzen gewittert. Doch das plötzliche Auftauchen von Anna hatte ihn erschreckt. Taxi blieb in ihrem Gehege, das direkt an das Haus anschloss, zurück und schaute dem schwarzen Katzenkerl hinterher. Ihre Mutter folgte der Fährte des Katers durch den Schnee bis zu dem Zaun, der das Grundstück einfasste. Sie selbst hatte keine Lust auf ausgedehnte Spaziergänge bei diesem Wetter und Taxi hatte ihren Spaß ja schon gehabt. Sie waren satt, zufrieden und kehrten zurück ins warme, gemütliche Haus.

16

Auch Mary und Angus, die beiden anderen erwachsenen Kinder von Fräulein Schulz waren zwischenzeitlich zu einem kurzen Spaziergang draußen gewesen und jetzt, ebenfalls den Boden beschnuppernd, ins Haus zurückgekehrt. Nun konnte Anna die Katzenklappe zum Gehege für heute verschließen. Im Winter bleiben die Katzen nachts im Haus, basta.

Am nächsten Morgen strahlte nach einer klaren, eisigen Nacht die Sonne vom Himmel. Die Schneeschicht vom Vortag war an der Oberfläche bretthart und Annas Fellnasen konnten darüber laufen, ohne einzusinken. Besorgt stellte Anna fest, dass der große Fischteich auf dem Grundstück, den der Vorbesitzer angelegt hatte, komplett zugefroren war. Mary und Angus saßen am Rand und verstanden nicht, dass das Wasser über Nacht verschwunden war und mit ihm scheinbar auch die Fische, die im Teich lebten. Mary tastete vorsichtig das Ufer ab, doch zu Annas Beruhigung blieb sie am Ufer hocken und traute sich nicht auf das Eis.

„Hoffentlich sind sie klug genug," dachte Anna, „und gehen nicht auf die vereiste Fläche." Mit einer Hacke und einem Besen bewaffnet, testete Anna die Stärke der Eisfläche. Es sah so aus, als ob sie das Gewicht einer Katze aushalten würde, ohne zu brechen. Sie überlegte, was sie wohl tun könnte, wenn tatsächlich eine der Miezen in das Eis einbrechen würde. Immerhin maß die Teichfläche ungefähr achtzig Quadratmeter und niemand wusste so genau, wie tief er war. Darin stehen konnte man jedenfalls nur am Rand. Freddy, der Nachbar von Anna und Ulf, der auch zwei Kater hatte, rief ihr irgendetwas zu als er sie bei Ihrem Eistest beobachtete. „Ich habe auch schon eine Mieze aus diesem Teich

17

gerettet.", wiederholte er. Für Anna war das keine hilfreiche Bemerkung, denn nun wuchs ihre Sorge.

Während sie das Gewässer umrundete, erzählte ihr Freddy, dass sein Kater Moritz vor Jahren durch das Eis gebrochen war und schreiend versucht hatte, sich aus der misslichen Situation zu befreien. Glücklicher Weise war die Stelle, an der er eingebrochen war, nur etwa eineinhalb Meter vom Ufer entfernt gewesen und Freddy konnte ihn mit Hilfe eines Fischkeschers wieder ans Ufer befördern. Beide waren mit dem Schrecken davongekommen. Aber die Vorstellung, dass einer ihrer Katzen könnte ähnliches geschehen könnte, trieb ihr den Angstschweiß auf die Stirn. Was sollte sie tun wenn es passierte? Was, wenn sie dann kein Mittel finden würde, um die Katze zu retten? Müsste sie am Schluss selbst aufs Eis und ins eiskalte Wasser?

Ab jetzt schaute Anna alle paar Minuten aus dem Flurfenster hinaus auf den Teich, den sie von dort aus komplett überschauen konnte. Alle vier Samtpfoten umrundeten das Eis gewordene Wunder am Rand. Mit ihren Pfoten tasteten sie die Eisschicht ab, als ob sie Gefahr darunter vermuteten und keine traute sich, die Eisfläche zu betreten. Ihre Beobachtungen beruhigten Anna wiederum ein wenig und sie redete sich ein, dass ihre Tiere schlau genug wären, sich nicht auf das gefährliche Eis zu begeben.

Die Beruhigung währte nicht lange. Nachmittags sah sie wie Mary über das Eis spazierte, als ob es schon immer dort gewesen wäre und das Wasser darunter nicht existiere. Ab jetzt hatte Anna keine ruhige Minute mehr, solange der Teich zugefroren blieb. Sie sprach mit Ulf über ihre Ängste und er versuchte sie zu beruhigen. „Die haben solch einen ausgeprägten Instinkt", sagte er, „dass sie wissen, wann sie darüber laufen können und wann nicht." Selbstverständlich war er sich selbst dessen nicht sicher, aber er musste irgendetwas tun, um Anna zu beruhigen.

Der schwarze Kater vom See hatte am Morgen seine Ration Trockenfutter vertilgt und den größten Teil des Tages geschützt vor dem Wind auf dem äußeren Fenstersims eines der Ferienhäuser in der Sonne liegend verbracht. Jetzt meldete sich abermals sein Magen und er erinnerte sich an das köstliche Futter, das ihm Taxi am Vortag aus ihrem Napf überlassen hatte. Ob sie wohl heute auch wieder so freundlich ist? Einen Versuch wäre es wert und notfalls würde er das Futter auch ohne Taxis Hilfe wieder finden. Also machte er sich ohne Zwischenaufenthalt auf den Weg zu Taxis Zuhause. Es war ruhig in der Siedlung und auf dem Grundstück. Weder Taxi noch die andere Katze, die er am Vortag dort gesehen hatte, waren zu entdecken. Er näherte sich dem Gehege von wo aus er Taxi am Vortag durch eine Öffnung in der Wand ins Haus gefolgt war. Doch jetzt stand er vor der verschlossenen Katzenklappe und konnte nicht hinein. Vielleicht half es ja, nach der kleinen, schwarzen Katze zu rufen. Er rief so wie Kater nach den Weibchen rufen und um klar zu machen: „Ich bin da!". Sein Rufen blieb nicht ungehört. Er riss alle vier tierischen Bewohner des Hauses aus ihrem Schlaf, die sofort aus allen Räumen Richtung Katzenklappe eilten, um zu sehen wer ihre Ruhe störte.

Anna war in der Küche mit der Essenszubereitung beschäftigt, das Radio lief und sie bekam von Katers Rufen nichts mit. Erst als Taxi plötzlich neben ihr stand und sie mit einem lautstarken Murren darauf aufmerksam machte, dass sie nach draußen wollte, reagierte sie. „Muss das denn wirklich sein?", fragte sie Taxi und wusste, dass es sinnlos war, zu versuchen, dieses kleine schwarze Tier von seinem Vorhaben abzubringen. Als sie in die Diele kam, saßen die anderen drei dort schon bereit und warteten auf ihren Türöffner. Ungeachtet der Kälte stürmten sie nach draußen in den verschneiten Garten und Anna dachte als erstes wieder an die Gefahren am Teich.

Der Schwarze war im Gehege sitzen geblieben und wurde von der Tatsache, dass jetzt zusammen mit der hübschen, schwarzen Mieze, die er gestern kennengelernt hatte, drei weitere, ausgewachsene Artgenossen um die Ecke kamen, überrumpelt. Konsterniert hockte er sich hin und miaute kleine, leise Laute der Begrüßung vor sich hin. Taxi lief direkt auf ihn zu und begrüßte ihn durch Schnuppern an der Nase und mit freundlichem Gurren. Die drei anderen hielten erst einmal Sicherheitsabstand. Sie hockten auf dem gefrorenen Schnee vor dem Gehege und starrten den schwarzen Schreihals, der sie aus dem Schlaf gerissen hatte, irritiert an.

Anna schaute aus dem Dielenfenster und wunderte sich darüber, dass sie so still vor dem Gehege hockten und dort hineinguckten. Sie glaubte Taxis schwarze Pfötchen im Gehege zu erkennen und war zufrieden, dass sie nicht über die Teicheisbahn jagten. Sie ahnte nicht, dass es sich nicht um Taxis schwarze Pfoten handelte, sondern die eines fremden Katers. Taxi nämlich saß außerhalb von Annas Blickwinkel nahe am Haus.

Anna ging die Kellertreppe hinunter bis zur Katzenklappe und öffnete sie, damit ihre Lieblinge bei Bedarf wieder ins Haus kommen konnten. Mit den Gedanken bei dem vereisten Teich kehrte sie zurück in die Küche und vollendete ihr kulinarisches Werk.

Taxi verließ das Gehege und animierte ihren neuen Spielkameraden, ihr zu folgen. Der Schwarze traute sich nicht so recht. Schließlich warteten drei eventuelle Feinde draußen vor dem Gehege. Er musste vorsichtig sein. Als er sich endlich erhob, um Taxi zu folgen, keifte Angus ihm einige drohende Rufe entgegen, blieb aber hocken. Ganz langsam, gebückt und mit eingeklemmter Rute, schob sich der Eindringling an den drei Artgenossen vorbei und folgte seiner neuen, schwarzen Bekanntschaft in den verschneiten Garten. Fräulein Schulz machte sich sofort daran, die Fährte zu beschnuppern, die er im Schnee und im Gehege hinterlassen hatte. Seinen Geruch kannte sie schon vom Vorabend. Seine erneute Anwesenheit hier gefiel ihr gar nicht. Der Schwarze war Taxi zwar gefolgt, behielt aber das Gehege, die inzwischen geöffnete Katzenklappe und natürlich auch die anderen drei Miezen im Auge. Schließlich hatte er immer noch Hunger und so leicht wie am Tag zuvor kam er selten zu einer leckeren Mahlzeit. Als ihm die Luft rein erschien und die drei anderen Miezen sich vom Haus entfernt hatten, machte er kehrt und lief direkt auf die Katzenklappe zu. Er vergewisserte sich, dass es keine weiteren potenziellen Widersacher auf der Kellertreppe gab, schlüpfte durch die zweite offene Katzenklappe in der Flurtür und lief direkt Richtung Küche und Fressnäpfe. Schnell schlug er sich mit den Resten, die in den Näpfen waren, den Bauch voll und nahm gerade ein paar Schlucke Milch als er irgendwo im Haus Schritte hörte. Ohne darauf zu achten, woher die Schritte kamen, sauste er wieder Richtung Kellertreppe und Ausgang. Anna hatte im Büro gegenüber der Küche ihre Emails gecheckt und beiläufig beobachtet mit welcher, für Taxi untypischen Geschwindigkeit ihre Katze gefressen hatte und wieder nach draußen gelaufen war. Sie rief ihr hinterher: „Taximaus, was ist denn los? Warum so eilig?" Irgendwie lief die Katze anders als sonst. Seltsam auch, dass sie Anna nicht begrüßt hatte. Das war nämlich obligatorisch. Jedes Tier suchte, wenn es von draußen hereinkam, immer zuerst nach Anna. Sie wurde dann auf unterschiedliche Weise begrüßt und zum Schmusen, Streicheln oder Füttern aufgefordert. Taxi hatte das jetzt schon zum zweiten Mal nicht so gemacht. Gestern Nachmittag und jetzt gerade. Anna fand das seltsam.

Sie machte sich Gedanken was der Grund dafür sein könnte, dass Taxi sich anders verhielt. War sie ihr auf die Pfoten getreten? Hatte sie sie irgendwie erschreckt? Hatte die Kleine Stress mit ihren Geschwistern oder Mama Schulz? Schulterzuckend wandte Anna sich wieder ihrem Laptop zu. Sie würde Taxi untersuchen, sobald sie wieder ins Haus kommt.

Der Schwarze machte es sich derweil im Gehege gemütlich. Hier konnte man es als Katze doch wirklich aushalten. Es war wind- und wettergeschützt und der Weg zum nächsten Futternapf war nicht weit. Er leckte seine Pfoten, putzte seine Schnauze und hielt gleichzeitig nach Taxi Ausschau. Sie hatte nicht auf ihn gewartet, aber die anderen drei waren in seinem Blickbereich. Fräulein Schulz machte den Anfang und ging auf den für sie fremden Kater zu. Sie fand es unverschämt, dass er sich hier im Gehege ihrer Familie breit machte. Er vermied den direkten Blickkontakt mit ihr und tat so, als ob er dazugehörte. Mehr noch, er gab sich als ob er schon immer hier gelebt hätte. Schleichend und mit großer Vorsicht näherte sich Schulzi dem

22

schwarzen Eindringling. Der putzte sich ungeniert weiter bis Schulzi ihm direkt gegenüber stand. Weder von ihr noch von ihm ging Feindseligkeit aus. Der Schwarze duckte sich und gurrte ihr freundschaftliche Laute zu. Fräulein Schulz stupste ihn mit einer Pfote an, ohne ihre Krallen auszufahren. Er reckte ihr seine Nase entgegen und beschnupperte sie. Dabei achtete er darauf, dass er geduckt blieb, so dass sie das Gefühl hatte, die größere, überlegene Katze zu sein. Ein tiefes Brummen von der Katzendame war als Warnung zu verstehen. Er musste jetzt hocken bleiben und ihr die Gelegenheit geben, sich als erste zu entfernen. Ein kluger Schachzug der funktionierte, denn nach etwa einer viertel Stunde wandte Schulzi sich wie in Zeitlupe von ihm ab und ging durch ihre Katzenklappe wieder ins Haus. Mary und Angus hatten ihre Mutter und den Fremden aus reichlicher Entfernung beobachtet. Noch hielten sie sich noch von ihm fern. Sie gingen ihrer Wege durch den Garten und erledigten ihre wichtigen Geschäfte. Für den Schwarzen schien es nun Zeit, nach Taxi zu suchen. Er fand nicht sie, aber sie ihn. Als er an der Koniferenhecke vorbeilief, in der sie sich versteckt hatte, schnellte sie heraus und sprang ihn an, eine Aufforderung zum Spiel. Nur zu gern ließ er sich darauf ein und die beiden tobten durch den eisig gefrorenen Schnee. Anna bekam von all dem nichts mit.

Ein weit verbreiteter Mythos besagt, dass Katzen Einzelgänger sind. Aber Anna wusste aus ihren Erfahrungen, dass das nicht stimmt. Zwar stritten ihre Vier immer mal wieder um die Rangordnung, einen Lieblingsplatz oder auch mal um Futter, aber das geschah selten. Meistens waren sich ihre Tiere einig und nur hin und wieder flogen mal die Pfoten. Dabei behielt Fräulein Schulz die Oberhand. Sie wies ihre Kinder immer noch mit mütterlicher

23

Vorsicht in die Schranken, wenn sie sich schlecht benahmen. Dabei kamen gelegentlich auch ihre Pfoten zum Einsatz. Mit fremden Katzen aber gab es immer wieder Rangeleien. Das Kampfgeschrei war dann von weitem zu hören und sobald Anna Warnrufe oder solche Schreie hörte, war sie zur Stelle, um zu schlichten. Vor allem mit den Katern aus der Nachbarschaft kam es zu Auseinandersetzungen. Meistens gingen Kämpfe dieser Art glimpflich aus und ohne schwere Verletzungen. Trotzdem hielt es Anna für besser, rechtzeitig einzugreifen. Vor allem früh morgens wenn sie die Tiere nach Stunden im Haus wieder ins Freie ließ. Nachbarskater Peter, der zwei Häuser weiter wohnte, hatte ihnen ein paar Mal aufgelauert und Anna schrak jedes Mal zusammen, wenn es kurz nach dem Freigang in den Garten zu Kampfgeschrei kam. Deshalb begleitete sie die Miezen morgens meistens kurz nach draußen, was ihr bei der momentan herrschenden Kälte nicht so leichtfiel. Aber es führte dazu, dass Kater Peter sich dann verzog, weil er Respekt vor Anna hatte, die ihn regelmäßig vom Grundstück jagte. Auch Nachbarskater Moritz war oft zur Stelle, sobald er im oder um Annas Haus hörte oder sah, dass Familie Schulz draußen war. Anna hatte oft beobachtet, dass er von nebenan unter dem Zaun durchschlüpfte und aus der Deckung der Koniferenhecke herausschoss, sobald er eine oder mehrere von Annas Miezen draußen auf der Wiese entdeckte. Es war keine Feindschaft von ihm, sondern Spieltrieb. Er wollte einfach nur mitmachen und fangen spielen. Leider gefiel das Annas Tieren überhaupt nicht, denn er verhielt sich zu rüpelhaft. Vor allem Taxis laute Warnrufe gingen Anna und jedem anderen, der sie hörte, durch Mark und Bein. Es klang jedes Mal als ob sie um ihr Leben schrie. Und die Lautstärke reichte aus, um die ganze Straße aufzuwecken. Natürlich konnte

Anna ihre Katzenfamilie nicht bei jedem Spaziergang begleiten. Aber in diesen Tagen war sie besonders aufmerksam, da sie den zugefrorenen Teich im Auge behalten wollte.

„Es ist leichter, einen Sack Flöhe zu hüten, als vier Katzen", sagte sie zu Ulf. „Du machst Dir einfach zu viel Sorgen." Meinte er. „Die können ganz gut auf sich selbst aufpassen. Sie haben einen sehr feinen Instinkt. Ich glaube nicht, dass sie aufs Eis gehen, wenn es sie nicht hält." „Ich glaube es aber für dich mit." Entgegnete Anna und wusste, dass er sie nur beruhigen wollte.

Ein paar Mal hatte Anna den Teich im Dunkeln mit der Taschenlampe abgesucht. Zum Glück ohne Ergebnis und sie war froh, dass ihre Rasselbande gegen 21.00 Uhr vollzählig wieder eintrudelte. Sie wunderte sich über Taxis riesigen Appetit, hatte sie sich doch erst wenige Stunden zuvor den Bauch so recht vollgeschlagen und alle Reste aus allen Näpfen aufgefressen. Wie jeden Abend schloss sie die Katzenklappe zum Gehege und bemerkte nicht, dass draußen im Gehege noch ein hungriger Kater saß, der sich ebenfalls gern wieder am Schulz'schen Katzenbüffet bedient hätte.

Der Schwarze Kater hatte sich nicht ins Haus getraut. Er war eine Weile mit Taxi draußen unterwegs gewesen, hatte Fräulein Schulz etwas näher kennengelernt und suchte jetzt nach einem bequemen Nachtlager wo er geschützt vor der eisigen Kälte ein paar Stunden ruhen konnte. Zu gern wäre er mit ins Haus gegangen, hätte mit den anderen gefuttert und irgendwo dort drinnen die Nacht verbracht. Aber er wusste, dass in dem Haus auch Menschen lebten und seine Erfahrung gebot ihm gegenüber diesen Lebewesen, vor allem wenn er sie nicht kannte, Vorsicht

25

walten zu lassen. Aber hier im Gehege war er einigermaßen geschützt vor Wind und Schnee, denn Ulf hatte die Nord- und Ostseite mit einer starken, transparenten Plane abgehängt. Er legte sich auf eines der Plateaus in der Ecke, nahe der Hauswand und nahm sich vor, hier zu warten bis sich eine Gelegenheit ergab, im Haus an Futter zu gelangen.

Die Gelegenheit kam sehr früh am Morgen. Ulf musste schon um fünf Uhr das Haus verlassen. Anna hatte seinen Wecker nicht gehört und auch nicht bemerkt als er aufstand. Anders als Anna, die den Tieren morgens die Haustür öffnete, um sie raus zu lassen, öffnete Ulf nur die Katzenklappe, die zum Gehege und in den Garten führte, bevor er durch den Keller das Haus verließ. Der schwarze Kater sah wie eine Mieze nach der anderen durch die Klappe ins Gehege kamen. Sie entdeckten ihn nicht und suchten hastig im Garten nach einem Platz für ihr Geschäftchen. Sofort ergriff er die Gelegenheit und schlich sich ins Haus, in die Küche, an die Fressnäpfe. Die waren noch nicht frisch gefüllt, aber er schleckte bedächtig die Reste aus, knabberte ausreichend Trockenfutter und schlabberte einen kleinen Rest Katzenmilch, die er über alles liebte. Es war so verführerisch ruhig im Haus, dass er dem Drang, sich noch ein bisschen umzuschauen, nicht widerstehen konnte. Er schlenderte ins Wohnzimmer, schnupperte Teppiche und Möbel ab, schaute sich um und machte es sich auf einem Teppich in der Diele, direkt vor der Kellertür bequem. War das schön warm hier so nahe bei der Heizung. Solch ein Plätzchen auf Dauer würde ihm auch gut gefallen. Genüsslich leckte er sein Fell und vergaß vollkommen, dass er hier nicht hingehörte. Auf dem Teppich konnte man so schön entspannen und beinahe wäre er eingeschlafen. Die

Wärme war so angenehm. Dann hörte er Annas Wecker im Schlafzimmer klingeln und als die Türklinke betätigt wurde, zog er es vor, unentdeckt das Haus zu verlassen.

Anna schaltete die Kaffeemaschine ein und wunderte sich bei einem Blick auf die Futternäpfe der Tiere, dass diese aussahen wie blank geputzt. Es kam so gut wie nie vor, dass Schulzi, Angus, Mary und Taxi die Näpfe krümel- und restefrei hinterließen. „Da muss aber jemand besonders hungrig gewesen sein.", dachte sie und goss Milch in ihren Kaffee. Mit der Kaffeetasse in der Hand ging sie in die Diele und leuchtete mit ihrer großen Taschenlampe hinüber zum Teich. Ihr stockte der Atem als sie sah wie Mary quer über den Teich spazierte und Angus ihr folgte. Fräulein Schulz saß am Teichrand und schaute zu. Was sollte sie tun? Sie öffnete das Fenster und rief nach den Tieren. Im Schein der Lampe konnte sie sehen, dass alle zu ihr herüberschauten, ihre Augen reflektierten das Licht. Sie blieben unbeeindruckt und anstatt zurück ins Haus zu kommen, oder wenigstens von der Eisfläche weg, begannen sie auf dem Eis herumzutoben. Sie spielten fangen. Anna konnte nicht hinsehen, musste es aber. Wieder stellte sie sich die bange Frage: "Was mache ich nur, wenn das Eis unter ihnen bricht?"

Das Eis brach nicht und im Laufe des Tages hinterließen sie immer mehr Spuren im Schnee auf der Eisfläche. Sie fanden es toll, über dem Wasser spazieren zu gehen. Anna beobachtete auch Nachbarskater Moritz, wie er, trotz schlechter Erfahrung über das Eis schlenderte. So lange wie es so kalt blieb, brauchte sie sich wohl keine Sorgen mehr zu machen.

Taxi hatte den schwarzen Kater draußen entdeckt und als ob sie verabredet gewesen wären, liefen sie gemeinsam in Richtung Badesee. Doch Taxi wollte die große freie Fläche zwischen den beiden Siedlungen nicht überqueren. So weit hatte sie sich noch nie von ihrem für sie immer noch neuen Zuhause entfernt. Obwohl der Schwarze nach ihr rief, folgte sie ihm nicht. Sie kehrte um, ging ins Haus und fraß sich satt. Der Schwarze unternahm seinen Ausflug alleine, so wie er es gewohnt war. Er wollte bei dem Ferienhaus, wo er morgens immer gefüttert wurde, nach dem Rechten und nach seinen pelzigen Weggefährten schauen, die hier am See lebten, so wie er. Sie waren keine richtigen Freunde aber sie teilten das gleiche Schicksal. Vor einigen Jahren waren sie noch mehr gewesen als jetzt, wo sie nur noch zu dritt waren. Zwei ältere Katzendamen und er. Aber im Laufe der Zeit waren die meisten einfach verschwunden. Er wusste nicht wo sie geblieben waren. Innerhalb weniger Tage waren sie einfach weg.

Natürlich ahnte er nicht, was damals passiert war. Er wusste nicht, dass sich viele Hausbesitzer aus der Feriensiedlung und aus der angrenzenden Wohnsiedlung über die vielen Katzen, die dort herumstreunten bei der Verwaltung beschwert hatten.

Man hatte den Tierschutz informiert und diese hatten die meisten gefangen und weggebracht. Man hatte auch der älteren Dame, die morgens immer das Futter brachte, verboten, die Tiere weiterhin im Feriengebiet zu versorgen. Dank der tierlieben Besitzer des Bungalows, wo jetzt die Futterstelle eingerichtet war, konnte die Dame den kleinen Katzentrupp aber dennoch weiterhin füttern, denn auf einem privaten Grundstück konnte das niemand verbieten.

Zur Freude des Schwarzen waren die Besitzer des Hauses nach langer Zeit zurückgekehrt. Im Haus brannte Licht und er erkannte ihre Stimmen. Für ein paar Tage konnte er es sich nun gut gehen lassen. Es gab leckeres Futter, Zuwendung und ein paar Streicheleinheiten. Er durfte sogar ab und zu ins Haus, um sich aufzuwärmen. Er hatte keinen Bedarf, jetzt bei der eisigen Kälte herumzustreunen und er hielt es auch nicht für notwendig, Taxi in ihrem Zuhause zu besuchen. Für ein paar Tage waren seine Welt und sein Leben hier in Ordnung.

Kapitel 3

Die Magie des Eises

Schnee, Sonne und das Eis auf dem Teich zogen die Katzenfamilie Schulz in ihren Bann. Es war nicht mehr windig, die Sonne schien aus blauem Himmel und Fräulein Schulz, Angus, Mary und Taxi fanden es draußen im Garten nicht mehr so garstig. Der Teich hatte noch an Anziehungskraft gewonnen, denn an einigen Stellen war der Schnee vom Wind der letzten Tage verweht worden und die Katzen konnten durch die Eisschicht hindurch die Fische im Teich beobachten. Während sich Schulzi und Taxi lieber am Rand aufhielten, spielte Mary die Rolle der Eistänzerin. Schon auf Mallorca hatte sie es geliebt, auf die mit Nachtfeuchte bedeckten Autos zu klettern und vom Dach über Windschutzscheibe und Motorhaube hinunter zu rutschen. Auch eine glatte Plane, die die gerade Fläche um ein aufblasbares Planschbecken bedeckte, bereitete ihr damals schon Vergnügen, wenn diese nass war.

Dann rannte sie schnell darauf zu und versuchte auf der nassen Fläche zu stoppen, wodurch sie ins Rutschen geriet. Ein großer Spaß, aber die Eisfläche hier war die Krönung für Mary. Sie rannte ein paar Meter, stoppte abrupt und ließ sich dann über die Fläche gleiten. Noch viel schöner war es, wenn Angus dabei mitmachte. Sie spielten Fangen, wirbelten den klumpigen Schnee auf und rutschten dabei meterweit über das Eis.

Anna hätte gern über so viel Clownerie gelacht, wenn sie sich nicht gleichzeitig so gesorgt hätte. Manchmal waren alle vier gemeinsam auf dem Eis, denn auch Schulzi und Taxi konnten ihrem Spieltrieb nicht dauerhaft widerstehen. Anna stand dann, zum Zusehen verdammt, am Fenster oder im Garten und hoffte, dass das Eis hält. Es hielt, denn auch tagsüber blieben die Temperaturen im Minusbereich.

Eigentlich war geplant, den Teich zu sanieren. Aber der Besitzer des Grundstücks hatte bemerkt, wie sehr sich Anna um ihre Samtpfoten wegen des Eises sorgte. Diese Sorge würde zukünftig jeden Winter wieder aufkommen, sobald der Teich zufriert, auch wenn er saniert wäre. Er selbst sorgte sich auch, denn er ließ seinen quirligen Dalmatiner-Rüden hin und wieder auf dem Grundstück herumtoben und der fand Teich und Eis ebenfalls unwiderstehlich. So hielt er ihn an der Leine, wenn er zu Ulf und Anna herüberkam.

Der Besitzer und Ulf einigten sich darauf, den Teich zu entfernen, sobald das Frühjahr kommt, jedenfalls spätestens vor dem nächsten Winter.

Anna versuchte, ihre diesbezüglichen Sorgen zu verdrängen. Überhaupt wusste sie, dass sie sich allgemein zu viele Gedanken um die Miezekatzen machte.

Immer wieder dachte sie an ihre erste Katze Pussy, die ihr zugelaufen war, als Anna elf oder zwölf Jahre alt war. Soweit sie sich erinnerte, war Pussy sechzehn Jahre alt geworden und hatte in ihrem ganzen Leben vielleicht zwei Mal einen Tierarzt gesehen. Anna erinnerte sich an diverse Bissverletzungen, Krusten von Zeckenbissen und allerlei mehr. Katzen sind Meister im Verbergen von Krankheitssymptomen. Wahrscheinlich hatte das Tier viel häufiger Beschwerden gehabt, als Anna und ihre Eltern das damals bemerkten. Aber zu dieser Zeit verfügte man nicht über so viele Informationen wie heute. Es gab schließlich kein Internet und für entsprechende Fachlektüre, wenn es sie gegeben hätte, fehlte das Geld. Also behalf sich Annas Mama mit Hausmitteln. Tupfte entzündete Wunden mit Kamillentee ab und entfernte Zecken akribisch mit den Fingern. Dass das Tier Flöhe haben könnte kam niemandem in den Sinn. Heute, mit all den tiermedizinischen Möglichkeiten, sieht das doch ganz anders aus.

Der Spaß auf dem Eis dauerte fast zwei Wochen. Dann wurde es wärmer und der gefrorene Schnee schmolz allmählich. Eine dicke Eisscholle hielt sich hartnäckig auf dem Teich, obwohl um die Scholle herum, entlang dem Teichufer, nur noch eine zähe Brühe aus Eis und Wasser plätscherte. Mary sprang einfach darüber hinweg und tobte auf der Scholle herum. Zum Glück war sie die einzige. Die drei anderen hielten sich zurück. Sie tasteten mit den Pfoten die Eisbrühe ab und befanden dann wohl, dass es sicherer wäre, am Rand zum bleiben und Mary bei ihrem Treiben nur zu beobachten, statt mitzumachen.

Innerhalb von vierundzwanzig Stunden war dann auch die Scholle fast vollständig weggetaut, denn die Temperaturen erreichten tagsüber Werte von über zehn Grad Celsius und fielen auch in der Nacht nicht unter null.

Auch das Eis am und auf dem Badesee war inzwischen geschmolzen und die faszinierende Winterlandschaft einer grünbräunlichen Masse aus morastigen Wiesen und Wäldern gewichen.

Es war graues Schmuddelwetter als sich die Teilzeit-Gastgeber des schwarzen Streuners wieder auf den Heimweg machten. Er beobachtete wie Koffer und Taschen ins Auto getragen wurden und spürte sehr genau, dass nun wieder eine Veränderung zum Negativen bevorstand. Vorbei war die Zeit des Zuspruchs, der wärmenden Besuche im Inneren des Hauses und der Streicheleinheiten. Seine allmorgendliche Trockenfutter-Ration bekam er zwar, aber insgesamt kehrte die Leere in sein Leben zurück. Leerer Magen, leere Seele. Drei Tage lang zehrte er noch von den Wohlfühltagen hier am See, dann zog es ihn wieder zu dem Haus, in dem Taxi und die anderen Katzen lebten. Er fand es schön dort und das Futter, das es dort gab, war jedes Mal vom Feinsten.

Kapitel 4

Der enttarnte Phantomkater

Am späten Nachmittag machte er sich auf den Weg. Sein Magen knurrte und er hatte keine Lust, Ausschau nach Beute zu halten. Die Luft war nass, es nieselte und das war unangenehm genug.

Er fand das Haus leer vor. Keine Katze, kein Mensch. Alle waren unterwegs aber Futter stand reichlich bereit. Sogar etwas Katzenmilch, die er so sehr liebte, war noch übrig. Er schlug sich den Bauch voll und da sich im Haus noch immer nichts bewegte, kümmerte er sich auch um die letzten Futterkrümel und nahm Platz auf dem Läufer in der Diele. Hier hatte er alle Eingänge im Auge. Er genoss die trockene Wärme nahe der Heizung und pflegte genüsslich sein Fell. Beinahe wäre er satt und zufrieden eingeschlafen, doch dann erschien Kater Angus an der Katzenklappe in der Kellertür. Der Schwarze blieb einfach liegen und ein freundliches Gurren signalisierte Angus, dass er nichts Böses im Schilde führte. Trotzdem schlich sich Angus übervorsichtig an ihm vorbei in die Küche, wo er leider nicht einmal mehr ein Häppchen Futter vorfand. Das hieß dann wohl warten auf Anna, die ganz bestimmt wie immer für Nachschub sorgen würde, sobald sie wieder da sein würde. Von der Fensterbank im Wohnzimmer ließ sich am besten beobachten, wenn jemand auf das Grundstück fuhr. Hier platzierte sich Angus auf einem der plüschgepolsterten Sitzbretter und blinzelte in den vorderen Garten. Aber mit seinem guten Gehör war er in der Diele bei dem aufdringlichen Schwarzen. Auch Mary trudelte ein, stoppte beim Anblick des Schwarzen auf ihrem Läufer und ging dann langsam in die Küche, um zu fressen. Alle Näpfe waren leer.

Aber der Schwarze in der Diele war ihr doch suspekt und sie zog es vor, ihn im Auge zu behalten. Sie nahm auf einem der Stühle in der Diele Platz. Hier blieb ihr keine Bewegung im Haus verborgen und sie konnte den schwarzen Futterdieb gut beobachten. Wenig später kam auch Fräulein Schulz nachhause und die Szenen wiederholten sich. Nach vergeblicher Futtersuche in der Küche legte sie sich auf einen anderen Stuhl in der Diele und beide starrten den Besucher nun gemeinsam an.

Der Schwarze räkelte sich auf dem Läufer und genoss sogar die Gesellschaft der beiden. Bloß Taxi, seine kleine schwarze Freundin, ließ sich nicht sehen.

Als draußen ein Auto vorfuhr und sich die drei Miezen sofort in Richtung Eingangstür bewegten, ohne ihn weiter zu beachten, zog er es vor, das Haus zu verlassen. Doch dieses Mal machte er einen verräterischen Fehler; er hinterließ an der Katzenklappe im Kellerfenster seine Duftmarke als Zeichen dafür, dass er dieses Haus nun auch zu einem Teil seines Revieres erklärt hatte.

Beim Anblick der blank geputzten Fressnäpfe konnte sich Anna nur über so viel Gefräßigkeit ihrer Fellnasen wundern. Sie hatte doch wirklich ausreichend Futter für alle hingestellt. Nicht nur, dass sie es restlos aufgefressen hatten, standen sie jetzt schon wieder für neues Futter an und machten sich sofort darüber her, so als ob sie seit Tagen nichts gehabt hätten. Anna schüttelte nur den Kopf und murmelte liebevoll etwas von kleinen, gefräßigen Monstern. Es kam ihr dennoch seltsam vor, dass die Näpfe so sauber geleckt waren, als kämen sie gerade aus der Spülmaschine.

Als sie einen Teil der Einkäufe in den Keller brachte, schlug ihr der typisch beißende Geruch einer Katermarkierung entgegen und ihr schwante, was hier los war. Es gab einen Futterdieb. Angewidert von dem Geruch suchte sie Kellertreppe- und Fenster nach der Markierung ab und wurde schnell fündig. Direkt neben der Katzenklappe hatte ein nicht kastrierter Kater vor ganz kurzer Zeit sein Sekret hinterlassen. Mit duftendem Desinfektionsmittel wischte sie es gründlich ab und es war ihr klar, dass sie ab sofort etwas gegen den unerwünschten Besucher unternehmen musste.

Sie dachte an eine elektronisch gesteuerte Katzenklappe, die den Chip, der unter dem Fell ihrer Tiere sitzt, erkennt und nur dann die Verriegelung der Klappe öffnet, wenn einprogrammierte Codes mit denen in den Chips übereinstimmen. So kann keine fremde Katze mehr ins Haus.

Doch dazu mussten ihre Vier erst einmal lernen, überhaupt durch die geschlossene, nicht verriegelte Katzenklappe zu gehen. Bisher hatte nur Fräulein Schulz herausgefunden wie das funktioniert und Angus hatte es sich bei ihr abgeschaut. Mary saß jeweils nur daneben, wenn einer der beiden die Klappe öffnete und durch die Öffnung spazierte. Sie selbst war aber anscheinend nicht in der Lage, es ihnen gleich zu tun. Taxi war schon ein oder zwei Mal durchgesprungen. Aber jeweils aus Angst vor einem fremden Menschen, der ins Haus gekommen war. Drohte keinerlei Gefahr, sah sie keine Veranlassung sich dieser einfachen Vorrichtung zu bedienen. Lieber holte sie Anna von dort weg, wo die sich gerade aufhielt, damit sie ihr eine Tür oder eben die Klappe öffnete.

In verschiedenen Ratgebern, im Internet und auch in den Montage- und Bedienungsanleitungen der beiden handelsüblichen Klappen, die Ulf installiert hatte, konnte man nachlesen, wie man Katzen dazu bringt, die Klappen zu benutzen. Alles das hatte Anna häufig ausprobiert, aber Taxi und Mary waren stur wie Esel, was die Katzenklappen betraf. Deshalb wurden die eigentlichen Klappen in den Vorrichtungen immer hochgebunden, so dass Katze einfach so hindurchgehen konnte. Natürlich bedeutete das für Anna, dass sie bei Kälte die Klappe von Hand schließen musste, wenn alle Tiere im Haus waren. Das führte dazu, dass sie mehrmals am Tag die Türsteherin spielen musste, was sie manchmal nervte. Jetzt war es an der Zeit, erneut zu versuchen, Mary und Taxi die Benutzung der Klappen beizubringen. Sie versuchte es mit verschiedenen Spielzeugen, mit Leckerli und damit, Mary einfach mal dort durch zu schieben. Mary sträubte sich mit Leibeskräften und stemmte sich kräftig mit den Vorderpfoten gegen die Tür, so als ob sie in die Transportbox sollte, konnte sich aus Annas Griff befreien und floh irritiert unter einen Stuhl. Anna ließ die Klappe fürs erste geschlossen und dachte sich, wenn sie unbedingt rein oder raus wollen, würden sie das Ding früher oder später schon benutzen.

Aber sowohl Taxi als auch Mary versuchten erst gar nicht die Klappe zu öffnen. Sie warteten lieber bis Anna die Tür auf machen musste, um selbst hindurch zu gehen und schlüpften dann hinaus oder hinein, wie sie es gerade wollten. Auch noch nach Wochen führten Annas Versuche zu keinem Erfolg.

Also ließ Anna die Klappe, die durch das Kellerfenster nach drinnen führte weiterhin offen, wenn die Miezen draußen waren und hielt nur, je nach Außentemperatur die Klappe in der Kellertür geschlossen. So musste keine Fellnase bei miesem Winterwetter draußen warten bis Anna oder Ulf eine Türe öffneten.

In diesen Tagen roch es im Treppenhaus, im Keller und auch draußen an er Haustüre häufiger mal nach den Markierungen des Schwarzen, den Anna bisher noch nicht bewusst gesehen hatte.

Dieser hingegen hatte die Gewohnheiten der zwei- und vierbeinigen Bewohner des Hauses bis ins Detail studiert und verinnerlicht. Inzwischen wusste er, dass früh morgens ein guter Zeitpunkt für den Futterklau war. Denn gegen sechs Uhr früh wurde die Klappe im Kellerfenster hochgebunden, damit ihre Samtpfoten nach draußen und später wieder ins Haus kommen konnten. Und manchmal legte sich Anna danach, wenn Ulf zur Arbeit gefahren war, noch einmal für ein halbes oder auch ein ganzes Stündchen ins Bett. Futter für die Miezen stellte sie bereit. Das war die Chance für den Schwarzen. Er musste draußen nur warten, bis seine vier Artgenossen unterwegs waren, um ihre Geschäfte zu verrichten. Blieb im Haus sonst alles ruhig, schlich er hinein und fraß so schnell er konnte, alles was er ergattern konnte. Und am Morgen war das Katzenbuffet reichlich bestückt.

Zu seinem eigenen Nachteil hinterließ er immer wieder Markierungen in der Nähe der Kellertür oder am Kellerfenster, so dass alle hinterher wussten, dass er da war.

Anna ärgerte sich über den Futterdieb. Inzwischen war ihr natürlich längst klar, dass es nicht immer ihre eigenen Katzen waren, die die Futternäpfe bis auf den letzten kleinen Rest leerten. Aber gesehen, so glaubte sie jedenfalls, hatte sie den Dieb auf vier Pfoten bisher noch nicht.

Nachts hörte Anna ihn manchmal draußen vor dem Haus rufen. Es war der typische Gesang eines Katers auf Brautschau. Der Schwarze hingegen wusste, dass die hübschen Miezen, die hier wohnten nicht paarungsbereit waren. Trotzdem war er gern in ihrer Gesellschaft und hoffte, dass sich das ändert. Vor allem mit der kleinen Schwarzen verstand er sich gut. Taxi zog ab und zu mit ihm um die Häuser und durch das nahe gelegene Wäldchen. Auch mit dem grau-weißen Kater gab es keinen Ärger, denn der war nicht auf Brautschau, sondern ein ruhiger, besonnener Geselle, der sich nicht herumprügeln wollte. In diesen von schlechtem Wetter geprägten Tagen kümmerte der Schwarze sich in erster Linie um seine Ernährung. In den Häusern, die in der Umgebung von Annas und Ulfs Wohnhaus standen, lebten mehrere Katzen und Kater. Der Schwarze kannte sie alle und er wusste, wie er an deren Futter kam, sofern es überhaupt für ihn zugänglich war. Dort wo Hühner lebten, fielen ab und zu Essensreste für ihn ab, aber Hühner konnten böse werden. Sie haben spitze Schnäbel und hacken damit blitzschnell nach ihm. Doch in und um Hühner- oder Kaninchenställe gibt es auch Mäuse. Erschwerend kam beim Futterklau hinzu, dass in vielen Katzenhaushalten auch Hunde lebten. Dort musste er doppelt so viel Acht geben. Er hielt sich also meistens in der Nähe von Annas und Ulfs Haus auf. Zu dem Haus am See ging er nur noch, wenn hier absolut nichts zu holen war.

Anna machte nicht nur der Futterdieb zu schaffen. Auch die Kater aus der Nachbarschaft waren nicht ohne und wagten gelegentlich Besuche im Haus. War ja auch nicht schwer für sie wenn sie die Klappen offen ließ. Die Besuche waren zwar, seit sie hier eingezogen waren, seltener geworden aber es kam vor. Peter, Moritz und Theo sah sie häufig im Garten und nahe am Haus. Vor allem früh morgens, wenn sie ihre Miezen in den Garten ließ, kam es oft zu lautstarkem Streit. Meistens konnte Anna nicht sehen, wer sich da gerade mit wem zoffte, denn erstens war es dunkel und das Grundstück nicht komplett beleuchtet und zweitens liefen ihre Tiere auch auf die Nachbargrundstücke und trafen auch dort auf die Kater der Nachbarn. Immer wieder kam eine ihrer Lieblinge mit Blessuren nachhause. Manchmal waren die so schlimm, dass Anna mit einem Verletzten zum Tierarzt fahren musste.

Trotz des nasskalten Winterwetters ging sie jetzt schon morgens um sechs mit ihren vier Katzen nach draußen. Bewaffnet mit einer großen Taschenlampe und geschärftem Blick für jede Bewegung versuchte sie, schlimme Kämpfe zu verhindern. Immerhin führte das dazu, dass sich die Nachbarskater nicht in Annas Nähe trauten während ihre eigenen gern in ihrer Nähe blieben, wenn sie mit ihnen draußen war. Wie eine kleine Karawane folgten sie Anna hinaus auf das Grundstück und suchten sich Plätze für ihr Geschäft. Doch konnte Anna bei diesen Spaziergängen nicht auch noch die Katzenklappe am Kellerfenster im Auge behalten. Ein Moment genügte dem schwarzen Räuber, um nach drinnen zu huschen und sich am Buffet zu bedienen.

„Ich werde dir das Stehlen schon noch austreiben!", rief Anna als sie nach einem morgendlichen Spaziergang mit Fräulein

Schulz, Angus und Mary zurück in die Küche kam und die Näpfe leer vorfand. Sie konnte sich einfach nicht erklären, wie der samtpfotige Dieb das anstellte. „Du musst ja irgendwo auf der Lauer liegen und warten bis ich draußen bin."

Wären die Markierungen, die er hinterließ, nicht gewesen, hätte sie die Nachbarskater verdächtigt, obwohl diese gewiss satt waren und zuhause gut versorgt wurden. Am nächsten Morgen wollte sie sich selbst auf die Lauer legen, um zu sehen, wer sich unerlaubt am Buffet ihrer Lieblinge bediente. Und während Anna noch an ihrem Plan schmiedete, spielte der kleine, schwarze Dieb draußen in der Nachbarschaft mit Taxi Fangen.

Natürlich geriet er auch mit den anderen Katern mal in Streit. Während Moritz und Theo relativ friedfertig waren, ging Peter immer sofort zum Angriff über und verteidigte sein Territorium. Ihm passte es gar nicht, dass nun auch noch der Schwarze in seinem Gebiet unterwegs war, musste er es doch seit Jahren mit mehreren Katzen und Katern teilen und seit einigen Monaten zusätzlich mit den Vier von Anna. Zu allem Überfluss waren morgens früh meistens alle zur gleichen Zeit unterwegs. Sie hatten die Nacht in warmen Wohnhäusern verbracht und patrouillierten jetzt durch ihr Revier. In die Kämpfe, deren Geschrei Anna manches Mal hörte, waren längst nicht immer die Mitglieder ihrer Katzenfamilie verwickelt.

Am folgenden Morgen ließ sie die äußere Katzenklappe geschlossen und spielte für ihre Tiere die Türsteherin. Etwas verdutzt waren sie zwar als sie vor der verschlossenen Klappe standen aber man wusste sich ja zu helfen. Konnte Katze hier nicht rein, blieben weitere Möglichkeiten, sich bemerkbar zu machen, um Einlass zu bekommen. Das war zeitraubend und aufwendig für Anna, aber effektiv. An diesem Morgen wurde kein Futter gestohlen.

Doch die Türwache war für Anna tagsüber keine Option, denn sie hatte noch andere Dinge zu tun. Sie ärgerte sich darüber, dass sie Taxi und Mary nicht beibringen konnte, die Klappe zu öffnen und hindurch zu gehen, denn das würde alles vereinfachen und verändern. Für die Katzen und für Anna und Futterdiebe müssten draußen bleiben.

Wenn der Schwarze vom See eines hatte, dann war es Geduld. Ungesehen von irgendeinem Menschen versteckte er sich in der Nähe des Hauses und wartete auf seine Gelegenheit. Die kam oft schneller als gedacht. Anna musste einkaufen und Taxi war draußen, weshalb die Klappe offenblieb. Das machte Anna, damit keines der Tiere bei dieser Kälte länger draußen bleiben musste als es wollte.

Der Schwarze wartete an diesem Tag wie schon oft bis Anna das Haus verließ, in ihr Auto stieg und wegfuhr. Dann schlich er ins Haus. Doch was war das denn? Dort, wo sonst das wunderbare Buffet aufgestellt war, fand er nur einen blank geputzten leeren Fußboden vor. Er ging trotzdem hinein in die Küche und schnupperte den Boden ab. Nicht einmal ein kleiner Rest war hier zu finden. Lediglich eine mit Wasser gefüllte Schale fristete dort einsam ihr Dasein. Sein Blick schweifte hinauf auf die Arbeitsfläche. Ob dort wohl etwas zu finden war? Er sprang hinauf, aber auch hier war nichts fressbares zu entdecken. Traurig und hungrig trat er den Rückweg an. Er wollte es später noch einmal versuchen und blieb wiederum in der Nähe des Hauses.

Anna hatte das Futter weggeräumt. Schulzi, Angus, Mary und Taxi hatten sich morgens satt gefressen und sie wollte nicht lange wegbleiben. Ihr Ziel war es, dem kleinen Eindringling den Grund für seine Diebeszüge im Haus zu entziehen. Sie ging davon aus, dass er irgendwo in der Umgebung sein Zuhause hatte und dort auch versorgt wurde. Zu ihrem und zum Leidwesen vieler Tierfreunde war es hier in dem ländlichen Gebiet leider noch immer nicht üblich, Katzen kastrieren zu lassen und schon gar nicht die Kater, die ja keine Kitten mit nachhause bringen.

Ab sofort versorgte Anna ihre Miezen immer dann, wenn sie Hunger hatten, was sie ihr unmissverständlich mitteilten. Jede auf ihre ganz eigene Art. Schulzi und Angus suchten und fanden Anna überall im Haus, setzten sich vor sie hin und miauten leise bis Anna ihnen in die Küche folgte und ihnen zu fressen gab. Taxi verzichtete auf das Miauen, setzte sich einfach vor Anna hin, zeigte ihre rosa Zunge und schaute Anna so lange an, bis diese sich in Bewegung setzte. Mary strich ihr um die Beine, wie viele Katzen das tun. Schon nach wenigen Tagen hatte sich die neue Art der Fütterung eingespielt. Natürlich ließ Anna auch Futter offenstehen, sobald die Katzenklappe nach draußen verriegelt war. Für Anna war es etwas aufwendiger, ebenso wie das Türen öffnen und schließen.

Zu ihrem Leidwesen hörten die Besuche des Phantomkaters aber zunächst nicht auf. Sie hatte auch den Eindruck, dass die Markierungen im Haus zunahmen, so als ob der kleine, unerwünschte Besucher ihr mitteilen wollte, dass es ihm überhaupt nicht gefällt, wenn er nichts zu fressen vorfindet. Dennoch blieb sie konsequent und wenn sie nur mal eben in den Keller oder den

Garten ging, schloss sie einfach für die wenigen Minuten die Küchentüre.

Des Schwarzen Hauptnahrungsquelle schien damit unerreichbar. Er musste sich neue Reviere suchen und alt bewährte neu aktivieren. So gut es ihm hier in der Nähe von Annas Miezen auch gefiel, er musste fressen. Es blieb ihm keine andere Möglichkeit, als nun wieder häufiger Mäuse zu jagen und zu dem Haus am See zurück zu kehren, wo noch immer allmorgendlich die Fütterung der Streuner stattfand. Auch lief er nicht mehr täglich zu Annas und Ulfs Haus, vor allem nicht bei schlechtem Wetter.

Nachdem Anna mehrere Wochen keine Markierung mehr im Haus vorfand und den ihr immer noch unbekannten Kater nicht mehr rufen hörte, fühlte sie sich als Gewinnerin. Sie erlaubte sich nun auch wieder mal Futter und Milch für ihre Fellnasen zugänglich stehen zu lassen. Der Winter ging dem Ende zu, das Wetter wurde milder und die Katzen wieder aktiver. Ihre Kämpfe mit Nachbarskatzen und Streunern waren seltener geworden. Wahrscheinlich hatten sie gelernt, sich gegenseitig aus dem Weg zu gehen. Im April waren manche Tage so warm, dass Schulzi und Co. auch am Abend gern länger draußen bleiben wollten. In diesen Nächten blieben die Klappen, die Taxi und Mary noch immer nicht nutzen wollten oder konnten, einfach offen.

Kurz nach Mitternacht wurde Anna durch ein ihr bekanntes Geräusch geweckt; das eindeutige Rufen eines Katers. Schlaftrunken wunderte sie sich über die Lautstärke bis ihr bewusst wurde, dass das Rufen direkt aus der Diele kam. Sie richtete sich auf, stieg geschwind in ihre Hausschuhe und öffnete im Dunkeln die Schlafzimmertüre. In dem diffusen Lichtschein, der von einer kleinen Lampe in der Küche in den Flur fiel, erkannte sie Taxi und direkt daneben den Schreihals, der auch beim Anblick von Anna noch nicht aufhörte zu rufen. Sie wunderte sich über die Eintracht und die Nähe der beiden Tiere zueinander, die keinesfalls auf Feindschaft schließen ließ. Sie sah, dass der rufende Kater dort neben Taxi ebenfalls ein dunkles Fell hatte und um einiges größer war, als ihr kleinstes Katzenmädchen. „Was macht ihr denn hier?", fragte Anna erstaunt und erschreckte das fremde Tier dadurch so sehr, dass es sofort Reißaus nahm. Taxi folgte ihm bis zur Kellertüre, drehte dann um und kam zu Anna, um sich füttern zu lassen. Die anderen Drei waren natürlich längst aufgewacht und scharten sich ebenfalls um Anna, als ob sie fragen wollten: „Was ist denn das für ein Lärm, mitten in der Nacht?". Bis auf Taxi wollte keine etwas fressen. Stattdessen verschwanden sie im Garten. Anna war ihnen gefolgt und suchte mit der Taschenlampe das Grundstück ab. Es war sinnlos. Im Dunkel der Nacht reflektierten lediglich zwei paar Katzenaugen, aber sie konnte nicht erkennen, um wessen Augenpaare es sich handelte. Insgeheim musste sie schmunzeln und dachte: „Jetzt bringen diese Katzenkinder schon ihre Kumpels mit nachhause." Sie hatte das Tier im Flur nicht gekannt. Moritz und Theo fielen aus, da deren weiße Stellen im Fell auch im Dunkeln gut zu sehen gewesen wären. Peter kam eigentlich auch nicht in Frage, denn wenn der auftauchte, gab es immer Geschrei und meistens eine Schlägerei. Bei Taxis Kumpel handelte es sich ganz bestimmt um den Phantomkater, der seit Wochen hier Futter stahl, markierte und den sie noch niemals vorher gesehen hatte. Bis zu ihrer nächsten Begegnung sollte es nicht lange dauern.

45

Draußen hatte der Schwarze auf Taxi gewartet, rufend natürlich und Fräulein Schulz, Angus und Mary saßen in Sichtweite von den beiden und beobachteten aufmerksam das Geschehen.

Der Hunger trieb ihn erneut ins Haus. Kein Buffet! Anna hatte alles wieder weggeräumt. Seine Chance kam noch am Vormittag des gleichen Tages. Während Angus und Mary ihr Futter genossen, ging Anna zur Mülltonne die einige Meter vor dem Haus stand. Sie hatte sich eine Zigarette angezündet und ließ sich Zeit mit dem Rückweg.

Von der Rückseite des Hauses war der Schwarze hinein gehuscht und stürzte sich auf die Näpfe mit dem Trockenfutter. Vor Schreck ließ Angus den zuletzt genommenen Bissen Nassfutter wieder in den Napf fallen und machte dem gierigen Schwarzen Platz. Auch Mary zog es vor, ihm das restliche Futter ohne Murren zu überlassen. Der Schwarze schlang alles so schnell er konnte in sich hinein. Bei der Milch angelangt, hörte er den Schlüssel im Türschloss und verschwand so schnell er nur konnte durch die Kellertür. Der letzte Schluck Milch tropfte ihm noch aus dem Maul als er draußen ankam. Anna wunderte sich über die Milchtropfen im Flur, sah Angus und Mary an, die verdutzt bei der Kellertür saßen und durch die Glasscheibe ins Treppenaus guckten. Auch Anna schaute in den Keller und nach draußen ins Gehege. Sie konnte nichts Verdächtiges entdecken. Es fiel ihr lediglich auf, dass Angus und Mary brav alles aufgegessen aber Milch verschlabbert hatten.

Trotzdem sich Anna intensiv um ihre Miezen kümmerte, konnte sie nicht dauernd in deren Nähe sein. Vor allem nicht, wenn sie draußen unterwegs waren. Dort trennten sie sich meistens und jedes Tier ging seiner Wege. Auf die Nachbargrundstücke konnte Anna ihnen nicht folgen und so verlor sie sie tagsüber häufig ganz aus den Augen.

So bekam sie auch nicht mit, dass der Schwarze sehr häufig in der Nähe des Hauses war, um jede Gelegenheit beim Schopfe zu fassen, die sich ihm bot, im Haus an Futter zu gelangen. Anna machte es ihm nicht leicht, denn sobald ihre „Tiger" satt waren, räumte sie das Futter weg oder schloss vorübergehend die Küchentür. Sie erhoffte sich den Lerneffekt davon, dass er irgendwann begriff, dass das Futter für ihn unerreichbar war und er deshalb fernblieb. Aber sie erreichte damit lediglich, dass er nichts zu fressen bekam. Herein kam er trotzdem und hinterließ seine ganz persönliche „Duftnote". Auch versuchte Anna wieder und wieder den beiden Katzendamen Mary und Taxi das Öffnen und Durchgehen durch die Katzenklappe beizubringen. Ohne Erfolg.

Inzwischen sah sie den stämmigen schwarzen Kerl häufiger im Garten. Wenn sie draußen mit ihren Katzen spielte, saß er bei der Hecke und schaute zu. Sie ging dann forsch auf ihn zu, so dass er unter dem Zaun hindurch auf die Nachbargrundstücke wechselte und verschwand. Es war eine Vorsichtsmaßnahme, denn obwohl sie ihn auch schon in freundschaftlichem Umgang mit Taxi erlebt hatte, wollte sie so Katzenkämpfe vermeiden. Jedenfalls war das Phantom nun keines mehr. Es war erkannt aber noch längst nicht gebannt.

Kapitel 5

Freunde und Feinde

Anna hatte es geschafft, dem kleinen Dieb den Zugang zum Futter vollständig zu entziehen. Das war zwar anstrengend, aber erfolgreich. Dennoch, der kleine, schwarze Kerl gab nicht auf. Er nutzte jede Gelegenheit, ins Haus zu kommen, und seinen „Duft" zu versprühen. Und Anna verzweifelte bei den Versuchen Taxi und Mary das Benutzen des Katzenklappe beizubringen. Sie sah den Schwarzen immer häufiger auf dem Grundstück und versuchte ihn über Wochen durch wegjagen los zu werden. Keine Chance. Taxi und er waren inzwischen Freunde geworden und so traute Anna ihren Augen kaum, als sie die beiden auf einer großen Wiese bei den Parkplätzen am See entdeckte, einträglich miteinander spielend. Ein anderes Mal, fand sie ihre vier Miezen einträglich mit ihm unter dem Traktoranhänger im Garten, unter dem sie sich versteckten. Er schaute Anna an und wunderte sich wohl, weshalb sie ihn nicht verjagte.

Bei einem Spaziergang begegnete sie ihm in einer Wohnhaussiedlung, nahe dem See. Er lag genüsslich auf einer Fensterbank in der späten Nachmittagssonne und machte keinerlei Anstalten, vor Anna zu fliehen.

Ein Bewohner kam in diesem Augenblick aus seinem Garten und Anna grüßte ihn. Dann fragte sie ihn, ob der den kompakten, schwarzen Kater dort auf der Fensterbank kenne und wüsste wo er hingehört. Der Nachbar nickte. „Es gibt eine kleine Katzenkolonie in der Ferienhaussiedlung am See. Herrenlose Katzen sind das. Eine ältere Dame füttert sie jeden Morgen. Er gehört wohl dazu."

„Und die Tiere werden dort einfach so gefüttert?" Wollte Anna wissen und fand das merkwürdig. „Nicht einfach so." Sagte der Mann. „Die Kolonie war einmal viel größer. Das waren so acht oder zehn Katzen und es wurden immer mehr. Bis sich viele Ferienhauseigentümer darüber beschwerten. Naturschützer hatten Angst um Singvögel, Eichhörnchen usw. aber es gab auch Katzenhasser. Also musste die Siedlungsverwaltung etwas unternehmen und schaltete den Tierschutz ein. Die haben alle eingefangen und kastriert. Drei oder vier ältere Tiere haben sie danach hierher zurückgebracht, weil man sie wohl nicht mehr vermitteln konnte. Für die anderen haben sie neue Halter gefunden. Die Futterstelle hier wurde aber beibehalten." „Er dort, „und Anna wies auf den Schwarzen, der sich immer noch in der Sonne aalte, „er ist aber nicht kastriert." Der Mann sah nun auch wieder zu dem Schwarzen hinüber und erklärte Anna, dass die Fangaktion schon zwei oder drei Jahre zurück liege. Es wäre also durchaus möglich, dass er damals noch nicht zur Kolonie dazugehört hatte, oder sich nicht hat fangen lassen. Manchmal würden hier auch Katzen ausgesetzt oder von Leuten, die sie in den Ferien mit an den See bringen, einfach hiergelassen. Anna erfuhr, dass der Mann selbst auch einen Kater hat, der kastriert ist und der Schwarze diesen gerne mal besucht. „Ein geselliges Kerlchen." Meinte er noch, bevor er sich von Anna verabschiedete.

Sie blieb noch eine Weile stehen und musterte den schwarzen Kater. Er wirkte weder unterernährt noch krank. Sein Fell glänzte in der Sonne, die Augen waren klar, lediglich die Ohren zeigten ältere und neuere Spuren von diversen Kämpfen mit Artgenossen.

Der Schwarze musterte Anna ebenfalls. Er hatte sie erkannt und er fragte sich, ob sie seinetwegen hier war und sie ihn im nächsten Augenblick verscheuchen würde. Aber es lagen einige Meter Vorgarten zwischen ihr und ihm, so konnte er entspannt aber aufmerksam liegen bleiben.

Anna entschied sich, ihren Spaziergang fortzusetzen. Der Schwarze spukte aber weiter in ihrem Kopf herum. Hatte sie doch geglaubt er gehöre irgendwo hin und sein Halter hielte es bloß nicht für notwendig, ihn kastrieren zu lassen. Nun wusste sie, dass er kein richtiges Zuhause hatte und nicht so behütet leben konnte wie ihre eigenen Katzen. Es war ihr aber auch klar, dass er, solange die Situation so bleiben würde, immer wieder den Weg zu ihr nachhause suchen und finden würde und auch jede Gelegenheit nutzen würde, an Futter zu gelangen.

Und so kam es auch. Manchmal sah sie ihn tagelang gar nicht, manchmal mehrmals täglich und natürlich roch sie, wenn er in der Nähe gewesen war. Inzwischen konnte sie ihn auch auf Entfernung von Taxi unterscheiden. Er hatte andere Proportionen. Sein Kopf war im Verhältnis zum Körper um einiges dicker als Taxis und seine Statur war insgesamt stämmiger, weil er breiter und etwas höher war, aber kaum länger als seine kleine, schwarze Freundin. Einmal, als Anna gerade noch mitbekam, wie er sich vor der Haustüre positionierte, um gegen dieselbe zu markieren, schrie sie ihn wütend aus dem Küchenfenster heraus an: „Lass es, du Bobo." Als er sie am Küchenfenster entdeckte und das Markieren tatsächlich unterließ, musste sie grinsen, denn sie fand, dass „Bobo" sehr gut zu dem Kompaktkater passte. Ab sofort war das sein Name; Bobo.

Obwohl Bobo den Sommer über in der Feriensiedlung genug fressbares finden konnte und auch zeitweise von netten Urlaubern gut versorgt wurde, zog es ihn immer wieder zu Taxi und ihrer Familie. Manchmal am Abend beobachtete er Anna wie sie mit den Katzen spielte, mit ihnen schmuste und sich intensiv mit ihnen beschäftigte. Das wollte er doch auch. Dazu gehören, mitmachen, Teil dieser Familie sein, das wäre einfach am schönsten für ihn. Aber ihm war klar, dass Anna ihn nicht mochte. Natürlich verstand er nicht, dass sie nur ihre Tiere schützen und ihm gar nichts tun wollte. Außer Taxi begegneten Mary, Angus und Frl. Schulz ihm nach wie vor mit Argwohn und Vorsicht aber sie duldeten ihn. Kämpfe hatte Anna zwischen ihnen schon länger nicht beobachtet. Auch mit den kastrierten Katern aus der Nachbarschaft gab es nicht mehr so viel Ärger. Sie kamen kaum noch zu Besuch. Natürlich, denn ein Hauptanziehungspunkt für die Miezen aus der direkten Nachbarschaft war der Fischteich gewesen und der war inzwischen trockengelegt worden. Außerdem gingen sie vielleicht auch dem fremden, unkastrierten Kater aus dem Weg.

Anna resignierte. Ihre Versuche, Taxi und Mary von der Benutzung der Katzenklappe zu überzeugen, waren noch immer vergeblich geblieben und Bobo empfand die offen stehende Klappe als Einladung, sich im Haus umzuschauen und dabei etwas Milch oder Futter abzustauben. Es gelang ihm selten und meistens nur wenn Anna entweder im Haus oder nur mal kurz draußen war denn dann vergaß sie manchmal, Restfutter wegzuräumen. Sie hatte ihn ein paar Mal dabei erwischt und schimpfend aus dem Haus gejagt. Das hielt ihn nicht davon ab, es immer wieder zu versuchen. Für ihn, so schien es Anna, war es wie ein Spiel.

Bobo blieb in Bewegung. Wenn es hier nichts zu holen gab, fand er etwas an der Futterstelle beim Haus am See, in Mülleimern oder er fing Mäuse und manchmal auch einen Vogel.

Natürlich zog ihn nicht nur die Aussicht, etwas Fressbares zu finden immer wieder zu Annas und Ulfs Haus. Er hoffte immer noch, sich mit Taxi, Mary oder Frl. Schulz paaren zu können. Bisher war er immer abgeblitzt, was er nicht so ganz verstand. Schließlich hielt er sich doch für einen stattlichen und erfahrenen, unwiderstehlichen Kerl.

Monate vergingen. Anna blieb konsequent und erlaubte Bobo keinen Zugang zu Futter. Es hielt ihn nicht ab, es wieder und wieder zu versuchen. So wie sie selbst wieder und wieder versuchte, Mary und Taxi die Nutzung der Katzenklappe beizubringen. Der nächste Winter stand vor der Tür und Anna fühlte sich durch den Eigensinn der Katzen manchmal gestresst. Tür auf Tür zu, Futter hinstellen, Futter wegräumen, Streit schlichten. Der Stressfaktor Teich würde in diesem Winter zum Glück keine Rolle spielen.

Dafür war die alte Feindschaft zwischen Angus und Taxi wieder aufgebrochen. Im Haus fauchte Taxi ihren größeren Bruder häufig an. Es reichte oft, dass er einfach nur anwesend war. Die kuscheligen Zeiten, zu viert auf dem Sofa im Wohnzimmer schienen vorbei zu sein. Taxi wollte nicht mehr, dass er sich zu ihr legte und Angus ließ sich von seiner kleinen Schwester verjagen.

Draußen im Garten galten andere Regeln. Hier hatte Angus das Sagen. Klar, er war größer und stärker als seine Mutter und die beiden Schwestern aber er war nicht aggressiv. Er wollte immer nur mit ihnen spielen und toben, jedoch wie ein Kater, also kraftvoller und heftiger als es Katzendamen toll finden.

Beim Futter in der Küche hatte Taxi ihm gegenüber klar „die Hosen an". Da flogen auch mal die Pfoten, wenn er ihrem Napf zu nahe kam. Anna war traurig darüber, denn sie hatte gehofft, dass es in der Katzenfamilie so harmonisch bleiben würde, wie während der zurückliegenden, ersten Monate, seit sie hier lebten. Aber zwischen Taxi und Angus hatte es schon auf Mallorca immer wieder Zankereien gegeben. Manchmal wirkte es so gefährlich, dass Anna einen von beiden auf den Arm nehmen musste, damit sie sich nicht gegenseitig verletzen konnten. Doch mit der Ankunft hier in Deutschland war die Feindschaft einfach vergessen. Sie begrüßten sich freundlich Nase an Nase, leckten sich gegenseitig das Fell und schliefen sogar eng beieinander. Dafür, dass das nun wieder vorbei war, fand Anna keine Erklärung. Auch nicht dafür, dass Angus insgesamt sehr ängstlich war. Er ging allen den fremden Katern aus dem Weg, wenn er die Möglichkeit dazu hatte. Dabei war er ein toller Katzenkerl. Groß, muskulös, kräftig, schnell. Wenn er über die Felder rannte, sah es aus, als ob er fliegt. Aus vollem Lauf konnte er mit riesigen Sätzen direkt in die höchsten Äste der alten Obstbäume im Garten springen. Das sah so kraftvoll elegant aus, wie bei einem großen Leoparden. Wenn er im Spiel Mutter und Schwestern hinterherjagte, gewann er immer. Er war dabei nicht zimperlich und die drei Ladies quittierten seine Spielattacken oft mit lautem Geschrei und ernst gemeinten Hieben, wenn er ihnen zu grob wurde. Doch fremde Miezen machten ihm Angst, fast so sehr wie fremde Menschen. Niemand außer Anna durfte ihm nahekommen oder ihn anfassen. Sogar um Ulf machte er einen Bogen und wich ihm aus, wann immer es möglich war. Warum, das wusste wohl nur Angus selbst. Ulf hatte ihm nie einen Anlass dafür gegeben und wenn Angus wollte, dass Ulf etwas für ihn tun sollte, vergaß er schnell seinen Argwohn und ließ sich von Ulf füttern oder die Tür öffnen. Einerseits fand Anna es schade, dass er so scheu und ängstlich war, andererseits war es für ihn sicherer. So konnte den schönen Kater niemand so leicht einfangen denn er ging fremden Menschen einfach sehr weit aus dem Weg.

Das war schon immer so gewesen, von klein auf. Während Taxi als Baby ihr und Ulf auf wackeligen Beinen entgegenlief, hielt Angus stets Abstand oder versteckte sich sogar. Erst mit ungefähr vier Monaten kam er zum ersten Mal zu Anna und strich ihr um die Beine, wie es seine kleinen Schwestern schon seit Wochen ihrer Mutter nachahmten. Damals war Anna sehr darüber gerührt, denn endlich suchte er auch die Nähe zu ihr.

Anna musste zweimal hinsehen, als sie Angus und Bobo, eng nebeneinander unter dem großen Walnussbaum im Garten sitzen sah. Wie zwei Dekofiguren wirkten die beiden, die Anna anschauten als ob sie sagen wollten: " Da staunst du aber, dass wir uns vertragen."

Kapitel 6

Veränderter Standpunkt

Seit Bobos erstem Besuch im Hause „Schulz" waren Monate vergangen. Anna brachte es nicht mehr fertig, den schwarzen Kater jedes Mal fort zu jagen, wenn sie ihn sah. Es gab keinen dringenden Anlass mehr dafür, denn die Tiere hatten längst aufgehört aufeinander los zu gehen, wenn sie sich begegneten. Von Freundschaft konnte nicht unbedingt die Rede sein, mit Ausnahme zwischen Taxi und Bobo versteht sich, aber man duldete sich gegenseitig oder ging sich ohne großes Spektakel aus dem Weg.

Der zweite Winter kündigte sich bereits im Oktober mit ersten dicken Schneeflocken an. Bobo wanderte noch immer viel umher auf der Jagd nach Beute und der Suche nach Fressbarem oder einer großzügigen Gabe von tierlieben Menschen. Obwohl er in Taxis Zuhause nicht gern gesehen wurde und auch dort schon lange nichts mehr zu fressen gefunden hatte, zog es ihn immer wieder dorthin. Vielleicht suchte er Familienanschluss, vielleicht hoffte er immer noch, dass eine der drei hübschen Artgenossinnen, die hier lebten ihre Meinung ändern und sich mit ihm paaren würde. Anna war sich sicher, dass er weniger darüber nachdachte, als sie selbst. Sie glaubte, dass es sein Instinkt war, der ihn immer wieder hierhertrieb. Er war magerer geworden und manchmal wirkte er auf Anna auch erschöpft. Sie hatte Mitleid mit ihm und wenn er nicht immer noch überall seine Duftmarke hinterlassen würde, könnte sie sich vielleicht sogar mit ihm anfreunden.

An einem grauen Herbstmorgen beobachtete sie wie er einige wenige letzte Ameisen des Jahres von der Terrasse leckte, um sie zu fressen. Augenblicklich schossen ihr Tränen in die Augen und sie konnte nicht anders, als dem Tier einen Napf mit Katzenfutter nach draußen zu stellen, damit er sich satt fressen konnte. Bobo lief weg, denn er war es nicht anders gewohnt, als von Anna verjagt zu werden. Aus sicherer Entfernung beobachtete er, was Anna machte und verstand sehr wohl, dass das Futter für ihn sein musste. Als er Anna im Haus verschwinden sah, zögerte er nicht, lief direkt zu dem Napf und machte sich über das Futter her, als ob er Wochen nichts gefressen hätte.

Nun musste etwas geschehen. Während Anna den kleinen Kerl beim Fressen beobachtete, kam ihr die Idee, dass sie gerade vielleicht eine Lösung des Problems gefunden hatte; wenn er draußen gefüttert würde, hätte er womöglich keinen Grund mehr ins Haus zu kommen. Und tatsächlich. Nach dem reichlichen Mal, machte Bobo es sich auf der Behelfsterrasse bequem. Er betrieb genüsslich Fellpflege und stütze sich dann auf seine eingeklappten Vorderbeine, um in Ruhe zu verdauen. In diesem Moment gab es zwei, die überaus zufrieden waren; Anna und Bobo.

Bobo bekam jetzt regelmäßig Futter von Anna. Meist waren es die Reste, die ihre vier Lieblinge nach dem sie satt waren, in den Näpfen ließen. Meistens reichte die Menge für eine Bobo-Mahlzeit und wenn nicht, füllte Anna es aus eigens für Bobo gekauftem Futter auf. Deshalb hielt sich der schwarze Kater jetzt überwiegend auf dem Grundstück oder in der Nähe auf. Ulf hatte entdeckt, dass eine oder mehrere Katzen gern in einem der Baucontainer schliefen, die für Baumaßnahmen hier aufgestellt worden waren. Dort wurden Maschinen und Werkzeuge untergebracht. Jemand hatte sich eine Umzugsdecke als Schlafplatz zurechtgestrampelt. Die Tür zum Baucontainer blieb nun immer einen Spalt weit offen und wurde nicht mehr geschlossen.

Das Katzengehege hatte für die Baumaßnahmen weichen müssen und der Platz wurde nun überwiegend von Menschen als überdachte Behelfsterrasse genutzt. Bei Regen konnten die Samtpfoten sich hier noch immer im Trockenen aufhalten, ohne ins Haus zu müssen, wenn sie nicht wollten. Der Zweck des Geheges blieb praktisch erhalten. Nur hatten die Katzen jetzt noch bequemere Sitz- und Liegeplätze, nämlich auf Gartenmöbeln. An einem milden Tag im späten Oktober amüsierte sich Anna darüber, dass alle fünf Gartensessel jeweils von einer schlafenden Mieze „besetzt" waren.

Trotz regelmäßiger Fütterung draußen auf der Behelfsterrasse konnte Bobo es nicht lassen, hin und wieder im Haus nach dem Rechten zu sehen. Es wäre kein Problem gewesen, hätte ihn nicht der Drang geplagt, seinen Duftstoff in Form einiger Spritzmarkierung zu hinterlassen. Und Taxi und Mary nutzten die Katzentür noch immer nur dann, wenn die Klappe hochgebunden war.

Anna verzweifelte. An einem Abend, als sie und Ulf mit zwei Freunden vom Essen nachhause kamen, konnten sie ihr Wohnzimmer nicht nutzen, so schwer lag Bobos Markierungsgeruch in der Luft. Aber die Markierung selbst war unauffindbar.

Das machte sie zornig auf Bobo und Anna beschloss, ab sofort, die Katzenklappe an der Kellertür nach innen zu verriegeln, sobald sie das Haus verlässt. Das bedeutete für ihre eigenen

Stubentiger aber leider auch, dass diese dann nicht mehr vom Keller in die Wohnung gelangen konnten. Und wer in der Wohnung war, musste durch diese geschlossene aber nicht verriegelte Klappe gehen, wenn er in den Keller und nach draußen wollte. Natürlich galt das nur, wenn Anna nicht im Haus war. Ansonsten spielte sie für ihre Rasselbande nach wie vor die Türöffnerin, bis auf nachts.

Kapitel 7

Wer am längeren Hebel sitzt

Mit Katzen verhält es sich so: Die klitzekleinste Veränderung in ihrer Umgebung oder der Versuch, ihre Gewohnheiten zu verändern kann zu Kettenreaktionen führen, dessen Auswirkungen der Mensch kaum abschätzen kann. Selbstverständlich nicht, er ist ja keine Katze!

Also auch diese Rechnung hatte Anna ohne die Wirte gemacht. Denn was macht Katze, wenn sie ihren Willen auf bisherige Art nicht bekommt? Sie findet eine neue Lösung.

Wenn also die Klappe nach drinnen versperrt ist, braucht man einen Menschen, der diese Klappe, eine Türe oder auch gern ein Fenster öffnet, damit man (Katze) da hindurch schreiten kann, um drinnen zu fressen, zu schlafen oder, was auch vorkam, gleich wieder nach draußen zu wollen. Und wenn Katze weiß, wo Türöffner schläft, kann Katze auf sich und ihr Bedürfnis aufmerksam machen, z.B. durch lautes Rufen!

Katzen wissen scheinbar immer, wo ihr „Personal" sich gerade befindet. Und Annas Katzen wussten sie zu finden. War also besagte Katzenklappe nach drinnen verriegelt, damit Bobo nicht reinkommen konnte, ging mindestens ein Mitglied der Familie Schulz los, um Aufmerksamkeit zu erregen. Während einer der ersten Nächte mit verriegelter Klappe in der Kellertür wurde Anna durch lautes Miau-Geschrei geweckt und erkannte sofort Taxis unverwechselbare Stimmgewalt. Sie saß im Vorgarten, schräg unterhalb des Fensters zum Schlafzimmer und ließ keinen Zweifel daran aufkommen, dass sie in der Lage war, die gesamte Nachbarschaft aus dem Schlaf zu reißen, würde ihr nicht augenblicklich Einlass gewehrt. Den Nachbarn zuliebe eilte Anna an die Haustüre, rief nach der, immer noch schreienden Taxi und sah zu wie Mary und Schulzi ins Haus rannten. Sekunden später war auch Taxi im Haus und augenblicklich kehrte Ruhe ein.

Noch während die drei Tiere ihre Fressnäpfe leerten, ging Anna zurück in ihr Bett. „Toller Plan!" Dachte sie und hörte schon die Nachbarn fragen: "Habt ihr heute Nacht das laute Katzengeschrei gehört?"

Am nächsten Morgen drängten sich Taxi und Mary vor der Kellertüre und warteten ungeduldig darauf, dass Anna ihnen den Weg nach draußen öffnete. Sie hätten es ihrer Mutter gleichtun können, die nonchalant und elegant die Klappe nach draußen geöffnet und vollkommen problemlos hindurchgeschritten war. Sie saß draußen und wartete auf ihre Töchter. Aber nein, was die Katze nicht tun will, das macht sie nicht. Immerhin, die beiden hatten Anna mit weiterem Geschrei verschont und brav gewartet bis sie aufgestanden war und sie rauslassen konnte. Die Klappe war ihnen eindeutig verhasst.

Bobo hatte keine Hemmungen. Obwohl er gut gesättigt war, musste er doch drinnen mal nachsehen, ob es dort nicht vielleicht doch noch einen kleinen oder gern auch größeren Leckerbissen zu holen gab. Es war alles ruhig und deshalb konnte er es gefahrlos versuchen. Längst war ihm klar, dass ihm hier keine ernsthafte Gefahr drohte. Weder von Anna noch von Ulf. Anna schimpfte zwar lautstark mit ihm, aber mehr hatte er nicht zu befürchten. Er stand zwischen Büro und Küche, wähnte sich in

Sicherheit als er Anna bemerkte, die ihn bereits im Auge hatte. Er schrak zusammen, duckte sich und blieb regungslos stehen. Anna drehte ihren Schreibstuhl zu ihm hin und sah ihn wortlos, mit hoch gezogenen Augenbrauen an. Ihre Blicke trafen sich und sie starrten sich sekundenlang an, so als ob beide nicht wüssten, was sie jetzt tun sollten.

Anna sagte nichts und tat so, als ob sie sich aus dem Sessel erheben wollte. Das war nun genug. Schuldbewusst aber nicht untertänig machte Bobo blitzschnell kehrt. So, wie er gekommen war, verschwand er geschmeidig über die Kellertreppe, durch die zweite, natürlich offenstehende, Klappe nach draußen ins Freie.

Anna schüttelte den Kopf. „Weil er es nicht lassen kann, "sagte sie zu sich selbst, „müssen meine Süßen jetzt noch mehr Einschränkungen in Kauf nehmen und ich noch häufiger laufen." Noch während sie das sagte, stand sie auf, ging zur Kellertüre und verriegelte die Katzenklappe nach drinnen. Denn selbst ihre Anwesenheit im Haus war keine Garantie mehr dafür, dass der kleine, schwarze Eindringling draußen bleiben würde. Zum Glück hatte er dieses Mal keine Markierung gesetzt. Aber es musste etwas geschehen, nur was?

Unter Annas und Ulfs Schlafzimmer befand sich ursprünglich mal eine Art Garage für ein sehr kleines Auto, die inzwischen aber nur noch als Kellerraum genutzt wurde. Um den Zugang ein wenig vor Schlagregen zu schützen, hatte Ulf etwa dreißig Zentimeter darüber und gut einen Meter unter dem Schlafzimmerfenster ein kleines Regenschutzdach aus Aluminium montiert. Es hatte eine glatte, beschichtete Oberfläche, eine Neigung von etwa 20 Grad und war nicht tiefer als 40 Zentimeter. Es war auf diesem Schutzdach keine Katze gesichtet worden, so lange Ulf und Anna hier wohnten. Sie konnten sich kaum auf der geneigten, glatten Oberfläche halten. Und selbst für eine sprungkräftige, geschmeidige Katze war es schwierig, seitlich von der Wiese oder dem Blumengarten auf dieses Vordach zu gelangen. Es gab auch für die Katzen gar keinen Grund, darauf herum zu klettern. Bis jetzt. Bis Anna sich dazu entschlossen hatte, die Katzenklappe in der Kellertüre wegen Streuner Bobo nach drinnen zu verriegeln.

Denn jetzt brauchten die Miezen einen Plan B, um ins Haus bzw. in die Wohnung zu kommen. Einmal hatte der Plan schon funktioniert. Dieses Mal war es aber nicht Taxi, die unbedingt mitten in der Nacht wieder ins Haus wollte. Es war ihre Mutter Fräulein Schulz, die plötzlich außen auf der Fensterbank des Schlafzimmerfensters saß und miaute. Die Rollläden waren nicht ganz runtergelassen und Anna erkannte im leichten Lichtschein der Straßenbeleuchtung eine Katze. Der Art und Tonlage nach zu urteilen, wie sie mauzte, musste es sich um Schulzi handeln.

Es war Schulzi. Anna öffnete einen Fensterflügel, damit Frl. Schulz unter dem Rollladen durchschlüpfen konnte. Bisher hatte Ulf fest geschlafen, aber nun war Schulzi direkt auf ihn in seinem Bett gesprungen. Ulf erwachte vor Schreck und begriff kaum was los war während Anna die Katze aus dem Zimmer in die Küche lockte. Sie wusste nicht ob sie weinen oder lachen sollte, angesichts des Einfallsreichtums ihrer Tiere. Am nächsten Tag schaute sie sich an, wie die Mieze auf die Fensterbank gelangen konnte. Es musste ein waghalsiges Manöver gewesen sein, aber sie hatte es geschafft. Geschafft, obwohl der Sprung vom Boden auf das Vordach schon in einem recht steilen Winkel erfolgen musste. Ohne vom Vordach abzurutschen musste sie noch steiler und höher auf die Fensterbank springen. Es war trotz allem eine Punktlandung geworden. Denn das Tier hatte erreicht, was es erreichen wollte; Anna hatte das Fenster geöffnet und sie ins Haus gelassen. Plan B der Katze war erfolgreich.

So konnte Annas Plan B jedoch nicht funktionieren, das war ihr klar. Zumal ihre Miezen nun der Reihe nach am Schlafzimmerfenster erschienen und um Einlass baten oder sich wie Taxi unter das Fenster stellten und lauthals miauten. Anna brachte es nicht fertig, ihre Lieblinge dann draußen sitzen zu lassen. Dabei mussten sie nicht unbedingt ins Wohnhaus. Im Keller hatten sie geschützte, weiche, warme, saubere Bettchen zum Schlafen. Es stand frisches Wasser für sie bereit. Lediglich Futter konnten sie dort nicht finden, denn das hätte Bobo ihnen weggefressen. Dabei ging es den kleinen Schreihälsen gar nicht immer ums Fressen. Sie wollten einfach nur zu Anna und hinein ins Wohnhaus, um dort zu schlafen, zu dösen oder am Fenster zu sitzen und nach draußen zu schauen. Letzteres konnten sie vom Keller aus nicht.

Für die Katzen schien es sowas wie ein Spiel zu sein: „Finde Anna und wecke sie auf!" Wieder dachte sie über die Anschaffung einer chipgesicherten Katzenklappe nach. Aber was nutze die, wenn Taxi und Mary nicht hindurchgingen.

Sie musste sich hart machen und durfte nicht mehr auf die Animationen ihrer Tiere, sie ins Haus zu lassen, reagieren. Es fiel ihr aber schwer einzusehen, ihre eigenen Katzen dafür zu bestrafen, dass ein Streuner unbedingt hier bei ihnen leben wollte und durch nichts davon abzubringen war.

Der Winter hielt Einzug und sobald alle vier „Schulzens" im Haus waren, verriegelte Anna die Klappe, die nach draußen zur Terrasse führte, in beide Richtungen. Vor allem nachts. Damit kamen ihre Vier gut zurecht. Manchmal, wenn eine raus wollte, setzte sie sich vor die Schlafzimmertür und rief nach Anna. Aber Anna blieb hart und reagierte nicht. Allzu schnell gewöhnten sich die cleveren Miezen an solch einen Service. Das „Aussitzen" zahlte sich aus, denn die Versuche, Anna aus dem Bett zu rufen, wurden seltener.

Kapitel 8

Eine Verletzung mit Folgen

Obwohl er bei Anna und Ulf regelmäßig seine Futterrationen abholte, trieb es Bobo immer mal wieder in die Wälder, Felder und Siedlungen der Umgebung, die er längere Zeit nicht besucht hatte. So auch an einem Abend kurz vor Weihnachten. In einem kleinen Waldstück, nicht sehr weit von Annas Zuhause entfernt, traf er die schöne Unbekannte. Silbern getigert, schlank, jung und sie duftete wundervoll. Langsam näherte er sich ihr, doch als sie ihn bemerkte ergriff sie die Flucht, noch bevor er sie mit seinem Duft betören konnte. Vorsichtig folgte er ihr. Sie lief direkt auf eine Siedlung zu. Dazu musste sie ein großes Feld überqueren, das an eingezäunte Gärten grenzte. Sie schaute sich nach ihm um, verharrte einen Moment und kroch dann, sich ganz flach machend, unter einem Maschendrahtzaun hindurch in einen Garten mit dicht gewachsenen Bäumen und Sträuchern. Bobo zögerte nicht und folgte ihr an den Zaun. So leichtfüßig und beweglich wie seine Angebetete war der ältere Herr Bobo nicht mehr. Außerdem machte sich die regelmäßige Fütterung bei Anna an seinem Bauchumfang bemerkbar. Sein Trieb, der hübschen Katzendame zu folgen, ließ ihn alle Vorsicht vergessen. Mit Mühe zwängte er sich unter den Maschendraht, schob kräftig mit den Hinterbeinen und gelangte endlich in den Garten. Von der Schönen war nichts mehr zu sehen. Er reckte seine Nase in die Luft. Die Fährte der Katzen Lady konnte er nicht erschnuppern aber dafür und im gleichen Moment nahm er den Hundegeruch wahr und hörte auch schon lautes, tiefes Bellen eines gewiss riesigen Hundes. Schon hörte er ihn schnellen Schrittes auf sich zukommen. Noch bevor er ihn sah, machte Bobo kehrt, um möglichst schnell wieder aus dem Garten herauszukommen. Zurück unter dem Zaun durch war die einzige Chance, die er erkannte, um dem Riesen zu entkommen. Doch kaum war er mit Kopf und Vorderpfoten unter dem Zaungeflecht hindurch, hielt ihn irgendetwas am Fell fest. Genau über den Schulterblättern und das tat höllisch weh. Doch es war nicht der Rottweiler, der jetzt knapp einen halben Meter hinter Bobo stand und diesen verbellte. Irgendetwas anderes hielt ihn am Fell fest und bohrte sich immer tiefer hinein, je stärker er sich bewegte. Mehr auf der Seite liegend bewegte er durch panisches Strampeln seinen ganzen Körper samt Hinterläufen unter dem Zaun durch. Doch der Zaun hielt ihn fest, egal was er unternahm, er hing fest mit seinem Fell an einem gekrümmt nach oben stehenden Maschendrahtstück. Und der Riese bellte ihn immer noch an.

Dann erklang ein schriller Pfiff von dem Haus, zu dem der Garten gehörte. Augenblicklich hielt der Hund inne und schaute sich um. Ein Mann brüllte „hierher" in die Dunkelheit. Ein Seufzer war das letzte was Bobo an jenem Abend von dem Hunderiesen zu hören bekam, der wandte sich um und lief zu seinem Herrn, den Bobo von hier aus nicht sehen konnte.

Allmählich verlangsamte sich sein Puls etwas, doch er musste sich irgendwie befreien. Trotz der stechenden Schmerzen zwischen den Schulterblättern versuchte er sich zu lösen. Er grub sich mit den Vorderpfoten in die Erde, schob sein Hinterteil hin und her soweit es ging. Doch alles machte die Situation nur noch schlimmer. Bis tief in Nacht hinein wand er sich um diesen spitzen, krummen Draht, der wie ein verbogener Nagel aus dem Zaungeflecht hervorstand. Dann bewegte sich Bobo in die andere Richtung und konnte sich so endlich befreien.

Mit einer blutenden, klaffenden Wunde auf dem Rücken machte er sich auf die Suche nach einem anderen Ausgang aus dem Garten. Er fand ein Tor vor dem Haus, durch das er auf eine ihm sehr wohl bekannte Straße gelangte. Sein Weg führte direkt zu Annas Haus, wo er sich auf der Behelfsterrasse erschöpft niederließ, um seine Wunden zu lecken. Noch vor der Fütterung am Morgen danach suchte er sich einen stillen, geschützten Platz in der Nachbarschaft.

Anna wunderte sich, dass er zur morgendlichen Fütterung nicht erschien. Das passierte eigentlich nur, wenn das Wetter ganz besonders schlecht war. Aber heute war es für die Jahreszeit okay. Fünf bis sechs Grad über Null, kein Regen, kein nennenswerter Wind. Ihre vier Katzen tobten auch schon durch den Garten. Sie warf einen Blick in den Baucontainer. Auch hier gab es keine Spur von Bobo und Anna vermutete, dass er vielleicht etwas gefangen hatte und deshalb mal nicht hungrig auf sie wartete.

In einem Holzschuppen hinter der Garage eines Nachbarn von Ulf und Anna lag Bobo. Es ging ihm nicht gut. Die Wunde schmerzte und er konnte sie noch nicht einmal richtig sauber lecken, da er die Stelle da oben zwischen den Schulterblättern mit seiner Zunge kaum erreichen konnte. Es blieb ihm kaum etwas anderes übrig, als abzuwarten und sich gesund zu schlafen. Erst am Abend des dritten Tages wurde sein Hunger so groß, dass er sich aus seinem Versteck wagte und nachsah, ob es bei Anna etwas zu Fressen gab.

Sie hatte vergeblich nach ihm Ausschau gehalten und auch nachts hatte sie keine Rufe von ihm gehört. Eigentlich konnte sie froh sein, dass der kleine „Stinker" nicht das war. Doch tierlieb, wie sie nun mal war, machte sie sich Gedanken. Auf den Straßen und am Rand hatte sie beim Autofahren auch kein totes oder verletztes Tier entdeckt. Aber das musste nicht bedeuten, dass Bobo nichts zugestoßen war. Bei Einbruch der Dunkelheit schaute sie nach, welche ihrer Miezen unten im Keller waren und entdeckte Bobo durch das Plexiglas der Katzenklappe draußen auf der Terrasse. Er schaute sie an und ein leises, tiefes Miau ertönte.

Ohne zu zögern richtete sie ihm eine gute Portion Katzenfutter her und brachte sie nach draußen an seinen Futterplatz. Die Behelfsterrasse war nicht beleuchtet und nur ein schwacher Schein der Außenlampe am Haus reichte knapp einen Meter bis unter das Terrassendach. Bobo wartete im Dunkeln bis Anna wieder ins Haus gegangen war und machte sich dann über das Futter her. Die große Wunde in Bobos Fell hatte Anna nicht entdecken können.

Katzen sind Meister wenn es ums Verstecken von Krankheiten oder Verletzungen geht. Sie dürfen anderen Katzen gegenüber keine Schwäche zeigen, sonst riskieren sie Attacken von gesunden Tieren, die solch eine Schwäche nutzen, um Artgenossen zu vertreiben. Das zieht dann oft weitere Verletzungen nach sich. Also vermeidet die kranke oder verletzte Katze möglichst Begegnungen mit anderen und falls ihr dann doch eine begegnet, tut sie so, als wäre alles okay. Aber Bobo hatte an diesem Abend Glück. Er begegnete keiner Mieze und konnte sich unbehelligt in sein Holzschuppen-Versteck zurückziehen und mit gut gefülltem Magen einige Stunden durchschlafen. Am Morgen, als es langsam hell wurde, näherten sich die Schritte eines Menschen und Bobo ergriff schnell die Flucht, bevor der Mensch den

Schuppen erreichte. Es war kalt und es nieselte, er brauchte ein neues, geschütztes Plätzchen, um seine Verletzung auszukurieren. Doch wohin sollte er gehen? Nässe und Kälte setzten ihm zusätzlich zu und seine Wunde schmerzte noch immer höllisch. Unter einer alten, dichten Blautanne, deren Stamm bis zum Boden mit Zweigen bewachsen war, fand er vorübergehend Schutz vor dem Regen und vor Entdeckung. Am Mittag knurrte sein Magen und er musste sich wohl oder übel etwas zum Fressen besorgen. Die einfachste Möglichkeit war natürlich das bei seinen ersehnten Katzenfreundinnen an Annas Futterstelle zu versuchen. Sicher würden die „Ladies" ihm nichts tun und der Kater war ihm gegenüber nie ernsthaft aggressiv gewesen. Er musste es versuchen. Und er hatte Glück.

Anna sah ihn vom Dielenfenster aus bereits über die Wiese auf das Haus zukommen. Die Katzenklappe an der Kellertreppe war offen, weil Taxi und Mary trotz des miesen Wetters unbedingt nach draußen wollten und nirgendwo zu sehen waren. Schnell verriegelte sie die Klappe und machte dem Streuner eine Portion Futter zurecht. Als sie hinaus auf die Terrasse trat, wunderte sie sich, dass Bobo nicht gleich wieder verschwand. Er hockte unter der Gartenbank und sah sie scheu an. Sie stellte das Futter an den gewohnten Platz und entfernte sich einige Schritte, damit er ungestört fressen konnte. Als Bobo langsam auf den Fressnapf zuging entdeckte sie die große, blutverkrustete Wunde an seinem Rücken und erschrak bei diesem Anblick. Ihr war sofort klar, dass dieses Tier einen Arzt brauchte. Aber wie sollte sie das anstellen? Jetzt rächte es sich, dass sie ihn monatelang immer wieder verjagt hatte. Niemals würde er sie nahe genug an sich heranlassen, um ihn zu fangen.

Sie rief den Tierarzt an, der auch ihre Lieblinge betreute. Dafür hatte es zum Glück bisher kaum ernsthafte Anlässe gegeben. Die Impfungen mussten regelmäßig erfolgen und einmal musste sie mit Mary zum Tierarzt weil sie sich eine Blasenentzündung eingefangen hatte. Die Gemeinschaftspraxis der Tierärzte schien ihr kompetent und bestimmt wüsste man dort, was im Falle Bobo zu tun ist. Man wusste. Noch am selben Tag konnte Anna vom Tierarzt eine Lebendfalle abholen und mit einer Dame vom Tierschutz sprechen. Sie erklärte Anna, wie sie in Fällen wie Bobos verfahren. Da sie über kein eigenes Tierheim verfügten, konnten sie nur eine begrenzte Anzahl Tiere aufnehmen. In schweren Fällen, also aus schlechter Haltung oder mit Verletzungen kamen diese Katzen dann zu sogenannten „Paten", die sich solange um die Sorgenkinder kümmerten bis sie vermittelt werden konnten oder wenn nötig auch darüber hinaus. In einigen Städten und Gemeinden betrieben die Tierschützer auch Fütterungsstationen für Straßenkatzen. Dort fingen sie nicht kastrierte Katzen und Kater und auch verletzte, um sie beim Tierarzt behandeln und kastrieren zu lassen und damit die Vermehrung der Streuner oder Straßenkatzen zu unterdrücken. Alles basierte auf ehrenamtlicher Arbeit und Spenden. Wenn Anna sich bereit erklären würde, Bobo nach der Behandlung der Verletzung und evtl. gleichzeitiger Kastration weiterhin mit Futter zu versorgen und auf ihn zu achten, würde der Verein die Tierarzt- und Medikamentenkosten für Bobo übernehmen. Später würde man ihn zu neuen Besitzern vermitteln, die sich dafür eigneten und die auch während der ersten Zeit kontrolliert würden. Stolz berichtete die Dame noch von der sehr erfolgreichen Vermittlungsarbeit, die der Verein leistete. Zur Hauptsache über online-Medien, Mund-zu-Mund-Propaganda und auch über Zeitungsanzeigen.

Für Anna klang das alles gut und sie ließ sich gern auf diesen Handel ein. Das Wichtigste war jetzt, dass sich ein Tierarzt Bobos Verletzung anschauen konnte. Und natürlich, dass sie ihn dafür nicht „adoptieren" musste. Ob Bobo allerdings in die Falle gehen würde, musste sich erst zeigen.

Der Fallenmechanismus war recht einfach. Ein Drahtkäfig, in dem im hinteren Bereich eine kleine Wippe installiert war, deren hintere Hälfte man mit ein wenig Futter oder Leckerlis bestücken konnte. Die Wippe war mit einem Auslöser verbunden, der, sobald das Tier den vorderen Teil der Wippe mit den Vorderpfoten herunterdrückte, um an das Futter zu gelangen, hinter dem Tier eine Falltür herabließ, die die Falle verschloss. Dann gab es für Katze, Marder oder Waschbär kein Entrinnen mehr.

Anne bestückte die Falle mit etwas Futter und wartete darauf, dass Bobo zum Fressen kam. Aber Bobo ließ sich nicht sehen. Stattdessen interessierten sich ihre vier „Tiger" für das Ding. Sie beschnupperten und begutachteten alles von außen. Lediglich Frl. Schulz wagte zwei kleine Schritte ins Falleninnere. Das war ihr offensichtlich suspekt und sie ging rückwärts auch wieder hinaus denn das Futter interessierte sie nicht. Wie auch ihre Abkömmlinge fraß sie ausschließlich an dem dafür vorgesehenen Platz. Noch nicht einmal mit Leckerlis konnte man sie verführen, woanders zu fressen, als in Annas Küche. Bis 16.00 Uhr am Nachmittag hatte sie den Kater nirgends entdeckt. Sie tauschte das inzwischen angetrocknete, wenig aromatische Futter gegen frisches aus und ging wieder hinaus. Kaum, dass sie im Haus war, hörte sie ein metallisches Klicken. Durch das Dielenfenster sah sie, dass Bobo in der Falle saß. Schnell deckte sie, beruhigend auf das aufgeregte Tier einredend, die Falle mit einem alten

Badetuch ab und trug sie sofort ins Auto. Kaum 15 Minuten später war sie in der Tierarztpraxis, um den verletzten Kater auch gleich dort zu lassen. Streunende oder verwilderte Katzen mussten in jedem Fall betäubt werden, bevor man sie untersuchen konnte. „Sie sind unberechenbar." Sagte der Tierarzt. „ Und wenn der Allgemeinzustand okay ist, versorgen wir nicht nur die Wunde sondern kastrieren den Kater auch direkt. Es ist bei Katern nur ein kleiner Eingriff.

Da nicht klar war, wann Bobo zuletzt etwas gefressen hatte, musste die Behandlung auf den kommenden Morgen verschoben werden. Für die Sedierung muss das Tier nüchtern sein, darf also mindestens acht Stunden nichts gefressen haben. Bobo blieb beim Tierarzt bzw. wurde in die dazugehörende Tierklinik gebracht, dort beobachtet und am nächsten Morgen narkotisiert, behandelt und auch sofort kastriert. Am frühen Nachmittag konnte Anna den Kater wieder abholen. Er lag nun, tiefschlafend in ihrer Transportbox. Seine Wunde sah jetzt viel harmloser aus als am Vortag. Auch der Tierarzt meinte, dass es schlimmer aussah als es wirklich war und er sicher wäre, dass sie in wenigen Tagen verheilt sein würde. Es wäre kein Problem ihn in die Freiheit zu entlassen, sobald er vollständig aufgewacht wäre. Am besten wäre es aber, ihn noch bis zum nächsten Morgen in der Box zu lassen. Dann wäre er mit Sicherheit wach und fit genug für die Freiheit.

Um Bobo die größtmögliche Ruhe zu lassen, stellte Anna die Box in den Heizungskeller. Hier war es weder zu kalt noch zu warm, trocken, dunkel und absolut ruhig. Sie hielt die Box geschlossen. Ab und zu horchte sie ob sie irgendetwas von Bobo hörte. Erst vor dem Schlafengehen schaute sie nach ihm. Er war wach und guckte sie an. Er machte einen sehr ruhigen Eindruck, gab kein Tönchen von sich und blieb auf dem Bauch liegen, als sie in die Box schaute.

„Nur noch ein paar Stündchen." Versprach sie ihm. „Dann bist du wieder frei und es gibt Fresschen und Wasser." Sie legte die Decke wieder über die Transportbox und verließ den Raum.

Bobo behagte das Eingesperrt Sein so gar nicht. Aber es war ruhig um ihn herum, total dunkel und angenehm warm. Dennoch wäre er lieber draußen unterwegs. Andererseits fühlte er sich nicht wohl. Und er hatte keine Ahnung wo er war, aber er hatte Anna erkannt und das half. Sie hatte ruhig mit ihm gesprochen und er fühlte sich auch nicht direkt in Gefahr. Und dann war da noch diese Müdigkeit und Schwäche. Er versuchte zu schlafen. Und genau das sollte er auch.

Im Schulz'schen Katzenhaushalt ging alles seinen gewohnten Gang. Keine der vier Miezen schien Bobo zu vermissen, auch Taxi nicht. Sie verbrachte die Nacht auf dem Sofa im Wohnzimmer, zusammen mit ihrer Mama. Mary und Angus schliefen in Ihren Lieblingsbetten im Keller. Sie alle ahnten nicht, dass Bobo wenige Meter von ihnen entfernt in der Transportbox seine Narkose ausschlief. Und auch wenn er rufen würde, durch die feuerfeste Tür hätten sie ihn nicht gehört.

Am frühen Morgen, als Anna die Tür zum Heizungskeller öffnete, schlug ihr der scharfe Geruch von Markierungssekret entgegen. So stark, dass sie die Luft anhalten musste, als sie die Box mit dem randalierenden Bobo aus dem Keller holte. Eigentlich wollte sie ihn im Keller befreien und ihn erst eine Weile beobachten, bevor sie ihn ins Freie entließ. Aber der unerträgliche Geruch zwang sie, ihn direkt nach draußen zu tragen und dort sofort die Box zu öffnen. Bobo zögerte einen Moment, erkannte dann aber wo er sich befand und schoss aus der Box direkt hinaus auf die Wiese, wo er sich hektisch begann zu putzen. Schließlich hatte er in seinem eigenen Urin gelegen und das mögen Katzen überhaupt gar nicht. Minuten später erschien er, weil er Anna hinten am Haus gehört hatte, an seinem Fressplatz und machte sich über das bereit gestellte Futter her, als sei nichts gewesen. Danach verschwand er über ein Nachbargrundstück in Richtung See.

Es schien alles mit ihm in Ordnung zu sein, soweit Anna es sehen und beurteilen konnte. Alles weitere würde sich zeigen. Am nächsten Tag erschien Bobo erst gegen Abend am Fressplatz. Doch als Anna ihm das Futter hinstellte, ging er misstrauisch zurück bis zum Zaun und wartete bis Anna sich entfernte. Dann kam er und fraß in aller Ruhe bis kein Krümelchen mehr übrig war, so wie Anna es von ihm kannte. Taxi hatte sich kurz zu ihm gesetzt und ihn beschnuppert, was ihn nicht aus der Ruhe brachte. Bestimmt roch er nach Medizin und Desinfektionsmittel. Anna schaute nach der Wunde, soweit ihr das aus der Entfernung möglich war. Sie sah okay aus, jedenfalls war sie kaum zu erkennen, außer dass zwischen den Schulterblättern das Fell wegrasiert worden war und die Haut umgeben vom schwarzen Fell an dieser Stelle sehr hell erschien.

Als Bobo aufgefressen hatte, verschwand er sofort wieder Richtung See. Taxi lief mit ihm.

Aber Bobo war nicht zum Spielen aufgelegt. Er ignorierte seine kleine Freundin förmlich und die beiden trennten sich am Rande der großen Wiese, über die er gewöhnlich zum See lief. Taxi sah ihm nach und verstand die Welt nicht mehr.

Traurig und müde aber immerhin satt, legte sich Bobo in den Holzschober hinter dem Haus mit der Fütterungsstation. Hatte er doch geglaubt, ein neues Zuhause gefunden zu haben. Eines mit netten Menschen, die gut zu ihm waren und ihn immer fütterten und mit sympathischen Katzen, die sich zwar nicht mit ihm paaren wollten, aber gern mit ihm spielten und ihr Zuhause mit ihm teilten. Doch dann war plötzlich alles anders gewesen. Zuerst die blöde Verletzung, weil er kopflos einer fremden Katzen Lady hinterhergejagt war und dann auch noch das Futter in diesem komischen Drahtkasten. Anna selbst hatte ihn in dem Gefängnis ins Auto getragen und ihn zu anderen Menschen gebracht. Die hatten ihn in einen anderen Drahtkasten geschoben und ihn gepikst. Dann war ihm übel geworden und er konnte sich nicht erinnern, was danach geschehen war. Bis plötzlich Anna ihn in einem anderen Kasten angestarrt und mit ihm gesprochen hatte. Stundenlang hatte er im Dunkeln in dem Kasten gelegen, sich miserabel gefühlt und sogar unter sich gemacht, weil er es nicht mehr aushalten konnte. Die Wunde am Nacken spürte er kaum noch, dafür brannte es an seinen Hoden, die sich jetzt ganz anders anfühlten als vorher. Erst einmal wollte er hier bleiben, alle seine Wunden lecken und auf bessere Zeiten hoffen. Wieder einmal. Wie schon immer.

Kapitel 9

Endlich angekommen

Ganze 18 Tage sah und hörte Anna nichts von Bobo!

Weihnachten und Neujahr waren bereits vorbei. Der Winter hatte die Natur einmal mehr eingefroren und in weiß gehüllt.

Anna war ein paar Mal am See gewesen um zu sehen, ob Bobo sich dort aufhielt. Aber sie hatte ihn nicht gefunden. Einige wenige Personen, die sie gefragt hatte, verneinten auch, ihn gesehen zu haben. Er schien wie vom Erdboden verschluckt. Auch wenn sie sich nicht viel davon versprach, hatte sie immer wieder nach ihm gerufen. Kein Lebenszeichen erhielt sie. Sie befürchtete im Stillen, dass seine Verletzung vielleicht doch schlimmer gewesen war und er die Folgen im Zusammenhang mit der Kastration nicht überlebt hatte. Der Gedanke grub ein schmerzhaftes Loch in ihren Magen.

Ihre eigene Rasselbande vermisste Bobo nicht, dessen war sie sich sicher. So blieb ihr nichts anderes übrig als abzuwarten. Die Damen vom Tierschutz erzählten ihr, dass es nicht selten sei, dass solche Streuner nach der Kastration erst einmal verschwinden. Es wäre durchaus möglich, dass er in einigen Tagen wieder auftauchen würde. Auch mit dem Tierarzt, der ihn versorgt hatte, sprach sie über Bobo und erfuhr dabei, dass sie bei der Schätzung seines Alters doch ziemlich daneben lag. Sie meinte, dass er ungefähr so alt wäre wie ihre eigenen, also circa vier Jahre. Der Tierarzt aber sagte, dass er gut und gerne zehn Jährchen auf dem Buckel hätte, evtl. auch zwölf.

Am Morgen des 7. Januar 2016, fast drei Wochen nach der Kastration, sah Anna im verschneiten Garten zwei ganz und gar schwarze Katzen auf weißem Schnee! Taxi und.. ja, der andere war unverkennbar Bobo. Die beiden stieben den Schnee auf und pfötelten den kleinen Schneebällen hinterher, die so entstanden.

Im Herzen freute Anna sich sehr, ihr Verstand sagte ihr, dass nun Arbeit auf sie zu kam. Sie musste sich mit ihm anfreunden, um ihm die Vermittlung in ein schönes, neues Zuhause zu ermöglichen. Sie wollte herausfinden, was er denn nun wirklich für ein Kerlchen ist, welche Katzenpersönlichkeit in ihm steckt. Und nun begann auch wieder das Futterversteckspiel, denn freien Zugang ans Katzenbuffet konnte sie ihm jetzt noch nicht gestatten. Dafür war er zu verfressen.

Bobo war etwas schlanker geworden, aber nicht mager. Das Fell zwischen den Schulterblättern war einige Millimeter nachgewachsen. Sie stellte ihm Futter an den bekannten Platz. Er fraß sich hastig satt, zeigte aber kaum Scheu vor ihr, sie war zwei, drei Meter von ihm entfernt stehen geblieben. Von nun an kam Bobo regelmäßig zum Fressen auf die Terrasse, aber auch zwischendurch saß er oftmals dort oder im Garten. Den Schlafplatz im Baucontainer nutzte er auch wieder. Und, wann immer sich die Gelegenheit bot, kam er durch die geöffnete Katzenklappe ins Haus, um nach noch mehr Futter zu suchen. Aber Anna räumte die Näpfe akribisch weg, sobald ihre Miezen gesättigt waren. Der Kater markierte zwar immer noch ab und zu, aber es roch nicht mehr so intensiv wie vor der Kastration. Der Tierarzt sagte, es könne bis zu zehn Wochen dauern, bis die Hormonumstellung vollständig abgeschlossen wäre. Also Klappe auf, Klappe zu, Tür auf, Tür zu!

Alles war wieder wie vor seinem Verschwinden, aber Bobo hörte auf, vor Anna wegzurennen. Ganz nah durfte sie ihm noch nicht kommen und anfassen war ebenfalls nicht erlaubt, doch ganz allmählich legte er die Scheu ab, die es bestimmt erst gar nicht gegeben hätte, wenn Anna ihn nicht am Anfang immer wieder verjagt hätte.

Es gelang ihr, für die Internetseite des Tierschutzvereines einige hübsche Fotos von ihm zu machen. Die Damen dort wollten ihn sofort zur Vermittlung ausschreiben und nicht warten bis er zugänglicher würde. Diese Aufgabe könne auch ein erfahrener neuer Besitzer übernehmen und sie würden vorher die Eignung checken. Zusätzlich schalteten sie eine Anzeige im örtlichen Anzeigenblatt, wo es eine entsprechende Rubrik gab.

Bobo sowie Eis und Schnee tauten langsam auf. Der Schwarze schloss sich täglich der kleinen Karawane, bestehend aus Anna, die vorne weg ging und den vier Mitgliedern der Schulz-Familie, die ihr bei Spaziergängen durch den großen Garten folgten, wie selbstverständlich, an. Und wie selbstverständlich kam er mehrmals täglich ins Haus, verweilte jeweils kurze Zeit auf der Fußmatte vor der Balkontür, von wo aus fast das komplette hintere Grundstück überblickt werden konnte und wärmte sich so gleichzeitig auf.

War im Haus Bewegung, ging er schnell wieder nach draußen. War es ruhig, z.B. wenn Anna an ihrem Schreibtisch arbeitete, blieb er so lange es ihm passte, inzwischen ohne im Haus oder Keller zu markieren. Das tollste aber war, er wusste die Katzenklappe zu bedienen und Anna hoffte, dass Mary und Taxi es ihm nun gleichtun würden. Weit gefehlt.

Anna ließ nun häufiger die Klappe unten, auch wenn noch Miezen draußen waren. Sie folgte Ratschlägen von Katzenkennern,
die allesamt sagten: "Wenn sie unbedingt rein oder raus wollen,
werden sie schon da durch gehen und so lernen, wie es funktioniert. Am besten lässt man sie einfach draußen in der Kälte hocken bis sie es gelernt haben." Doch das war nicht Annas Weg.

Wenn Taxi, Mary oder auch die anderen beiden vor der Balkontüre oder am Küchenfenster auftauchten und laut nach ihr riefen,
öffnete sie ihnen weiterhin die Tür. Sie wollte nicht riskieren,
dass eine der Miezen krank wird, weil sie nicht ins Haus kommen konnte oder wollte. Nachts blieb alles wie immer, die
Klappe wurde geschlossen, sobald die vier im Haus waren. Bobo
konnte im Baucontainer schlafen oder an einem seiner Stamm-
plätze irgendwo in der Nähe.

Um den 20. Januar herum wurden die Fotos von Bobo im Internet veröffentlicht und es erschien auch die Anzeige im Ortsblatt.
Anna war beinahe erschrocken als sie kaum zwei Wochen später
eine Dame vom Tierschutz anrief und sagte, dass es bereits eine
Interessentin für Bobo gab. Sie hatte sogar aus ihrem Skiurlaub
angerufen und wollte Bobo in der folgenden Woche besuchen
und ihn dann auch gleich mitnehmen. Anna schluckte erst einmal, meinte dann aber: „Kein Problem. Sagen Sie mir wann sie
kommen möchte, und ich sorge dafür, dass der Kater im Haus
ist." Wie sie das anstellte sollte, wusste sie noch nicht, aber ihr
würde schon etwas einfallen.

Von nun an durfte Bobo sich morgens und abends am Katzenbuffet bedienen. Draußen gab es nichts mehr. Für ihn war es
ganz einfach. Wenn draußen nichts fressbaren aufgetragen

wurde, ging er sowieso nach drinnen. Jetzt freute er sich, denn er hatte jedes Mal Erfolg denn der Fressplatz war reichlich gedeckt. Es war klar zu erkennen, dass es Annas Miezen nicht so toll fanden, wenn er ein- und ausging wie der Hausherr selbst und es sich gut gehen ließ. Sie beäugten ihn misstrauig, überließen ihm aber sogar ihr Futter. Wenn er wie ein Wilder darüber herfiel, suchten sie das Weite. So etwas kannten sie nicht. Keine von ihnen schlang jemals Futter herunter, auch dann nicht, wenn der Hunger groß war. Natürlich nicht, denn Angus, Mary und Taxi hatten von Mama Schulz gelernt wie man ordentlich und genussvoll frisst. Ganz lady- oder gentlemanlike. Ihre guten Manieren hatte Fräulein Schulz von Anfang an ihren Kindern weitergegeben. Klar waren sie im Babyalter ungestüm wie alle Katzenkinder gewesen und hatten auch schon einmal einen Fressnapf beim Toben umgeworfen. Später hatten sie das Futter dann vom Boden gefressen, so dass kaum Spuren zurückblieben. Und dabei war es bis heute geblieben. Anna dachte oft an die Zeit auf Mallorca zurück und bereute noch immer, dass sie damals keine Zeit für Schulzis Babys gehabt hatte. Alles musste ihre Mama ihnen beibringen. Zum Beispiel dass man sich in einem Haus anders verhielt als außerhalb. Noch hatte Anna die Szenen im Kopf, als die kleinen Katzenzwerge mit wenigen Wochen zuerst auf den großen Koffer klettern oder mit Anlauf heraufspringen mussten, um Ihrer Mutter danach durch das Fenster nach draußen folgen zu können. Oder wenn Schulzi zuerst ein oder zwei Babys ins Haus brachte und ihnen befahl hier zu warten bis sie mit Nummer zwei und drei zurückkam. Sie sah Taxi in Ulfs großem Arbeitsschuh sitzen und mit der Schnur spielen oder auf einem Schuh reiten, wenn Ulf ihn angezogen hatte. Und Anna fand, dass Fräulein Schulz es gut gemacht hatte. Sehr gut! Ulf hatte seine Sache auch gut gemacht. Alles ohne geringste Erfahrung mit Katzen. Bei sintflutartigem Regen im Matsch hatte er die fünf Wochen alten Katzenbabys draußen beim Holzlager eingefangen, in seine Jackentaschen gesteckt und verfolgt von Frl. Schulz ins trockene, warme Haus gebracht. Und das nur um das Ganze wenige Tage später zu wiederholen, weil Frl. Schulz der Meinung gewesen war, die Kinder sollten besser wieder an die frische Luft. Beim zweiten Mal hatte sie verstanden worum es ging. Ein unterspülter Holzstapel auf Paletten war auch im mallorquinischen Herbst kein passender Platz für ihre Kinder. Und weil sie noch so klein waren, hatte Ulf den Koffer vor Schulzis Ein- und Ausgangsfenster gestellt. An ihm konnten sie hochklettern und ihrer Mama folgen. Außen am Fenster hatte er eine Relax Liege platziert, um der Familie darüber das Ein- und Ausgehen zu erleichtern.

Zu dieser Zeit, im Winter 2011/2012 war Anna nur etwa alle zwei Wochen für ein paar Tage zuhause gewesen. Den ersten Winter der Kleinen verbrachte sie überwiegend bei einem Job in Deutschland. So wuchsen die Drei praktisch wild auf, denn auch Ulf hatte wenig Zeit für sie durch seine Arbeit.

Jetzt lebten Ulf und Anna bereits zweieinhalb Jahre wieder in Deutschland und natürlich hatten sie Familie Schulz mit hierher genommen.

Sie schmunzelte als sie beobachtete wie Frl. Schulz Bobo aus sicherer Entfernung beim Fressen zu sah. Zu gerne hätte sie gewusst, was ihre Katze in diesem Moment dachte. Sie kam ihr vor wie eine feine Dame, die einem ungehobelten Kerl mit schlechten Manieren beim Essen zusah.

Doch das war jetzt egal. Bis zur kommenden Woche musste sie Bobos manchmal machoartiges Verhalten ertragen. Anna plante, den Kater am Abholtag, wie in den letzten Tagen auch, ins Haus zu lassen und ihn hier dann einzusperren bis Interessentin und Tierschützerin ihn holten. Sie fühlte sich dabei wie eine Schurkin und Betrügerin. Und eines war klar für sie; machte die Interessentin keinen zuverlässigen Eindruck, würde sie Bobo nicht an sie abgeben. Egal was die Tierschutzbeauftragte sagt.

Bobo ahnte von alledem nichts. Er schwebte auf Wolke sieben. Davon hatte er doch immer geträumt. Ein Zuhause, wo er willkommen war. Wo es ausreichend leckeres Futter gab, zugewandte Menschen und freundliche Artgenossen. Jeden Tag nahm er sich ein bisschen mehr heraus. Er inspizierte das Haus, kam sogar ins Wohnzimmer, wo er aber nicht blieb. Lieber lag er auf dem Läufer vor der Balkontüre. Nach der letzten Mahlzeit abends ging er von selbst nach draußen. Fräulein Schulz und ihre Kinder beäugten ihn immer noch skeptisch wenn er im Haus war. Es gab kein Gerangel oder gar Kämpfe, aber so wirklich unvoreingenommen willkommen war er bei den Miezen noch nicht. Mary und Frl. Schulz legten sich meistens auf die beiden vorderen Stühle am Esstisch, nur gut eineinhalb Meter vom Läufer entfernt. Von hier hatten sie noch einen guten Blick in den Garten und konnten auf Bobo herabsehen, wenn er sich auf dem Teppich liegend putzte oder einfach nur nach draußen schaute. Nur Taxi setzte sich mal neben ihn und ließ sich von ihm den Kopf lecken. An den Schlafplätzen der anderen Katzen war er offenbar „noch" nicht interessiert. Anna durfte sich aber noch nicht annähern, außer beim Fressen. Da schien alles egal zu sein und sie konnte ihm sogar den Rücken streicheln. Das hatte sie ein zwei Mal probiert, wollte ihm aber keinen Stress bereiten. Zu gefallen schien es ihm nämlich nicht.

Die Woche ging schnell vorbei. Die beiden Damen hatten sich für Dienstag um 10.00 Uhr angemeldet. Anna hatte erfahren, dass Bobo gar nicht so weit weggebracht werden würde. Lediglich zwölf Kilometer lagen zwischen Annas Zuhause und dem Ort, wo Bobo hinkam. Es klang alles sehr gut. Oberhalb eines kleinen Dorfes mit weniger als hundert Einwohnern gab es auf einer bewaldeten Anhöhe zwei Wohnhäuser und ein Lokal, wo überwiegend Radfahrer und Wanderer im Sommer einkehrten. Dort wohnte seine künftige Besitzerin. Ihr alter Kater war vor kurzem gestorben und sie war der Meinung, dass die junge Katze, die ihr kürzlich zugelaufen war, alleine einsam war und von der Gesellschaft des älteren, kastrierten Herren profitieren könnte. Mit seinem Vorgänger hatte sie sich prächtig verstanden. Anna kannte das Lokal und fand den Ort für Katzen perfekt. Kein Straßenverkehr, nur die Anwohner der beiden Familienhäuser und des Lokals konnten hier mit Fahrzeugen hochfahren. Für Gäste gab es lediglich zwei oder drei Parkplätze, da ja die meisten ohnehin zu Fuß oder mit dem Fahrrad herauf kamen. Auch der Blick von hier oben war sehr schön und die direkte Lage am Wald versprach Rückzugsmöglichkeiten und ein interessantes Jagdrevier.

Die Gefahr, dass Bobo sich auf den Weg in sein jetziges Revier machen würde, bestand ja immer, aber dazu musste er hier einen kleinen Fluss überqueren und das war doch sehr unwahrscheinlich.

Der Dienstagmorgen kam und Bobo ließ nicht lange auf sich warten. Es war leicht, ihn mit Futter in die Eingangsdiele zu locken und ihn dort einzusperren, bis die Abholdelegation eintraf. Von der Diele aus konnte man ihn gut beobachten und als Hauseingang diente an diesem Morgen die Tür zum hinteren Garten, vor der Bobo so gern lag.

Die Interessentin entpuppte sich als sympathische, junge Frau mit umfangreicher Katzenerfahrung. Sie erzählte von ihrem alten Kater Mike, den sie von einer älteren Nachbarin übernommen hatte, als diese ins Pflegeheim musste. Mike war 18 Jahre alt geworden und eines nachts einfach eingeschlafen und nicht mehr aufgewacht. Meggy, die kleinwüchsige Tigerkatze, die der jungen Frau einige Monate zuvor zugelaufen war, hatte neben ihm gelegen als die Frau morgens in das Katzenzimmer gekommen war, um zu sehen, warum beide nicht zum Fressen kamen. „Sie hat sehr getrauert." Erzählte die Frau. „Tagelang kaum etwas gefressen und ständig seine Lieblingsplätze beschnuppert bis ich fast alles, was nach ihm riechen konnte ausgetauscht hatte. Seitdem verfolgt sie mich zuhause ständig, egal wohin und erzählt ununterbrochen. Sie will sogar mit, wenn ich duschen gehe. Tagsüber liegt sie irgendwo im Haus bis ich von der Arbeit heim komme, obwohl sie raus könnte und nachts gibt sie keine Ruhe bis ich sie ins Schlafzimmer lasse, was sonst immer tabu war. Jetzt hoffe ich, dass die beiden sich anfreunden und sich vertragen. Bestimmt kann Meggy auch noch einiges von dem alten Herrn lernen." Jetzt erfuhr Anna, weshalb sich die Dame für Bobo interessierte. Mike war auch ein schwarzer Kater gewesen und unterschied sich nur in Statur und auch im Gewicht von Mike.

Anna hatte jetzt ein gutes Gefühl und war sicher, dass Bobo dort ein gutes Zuhause finden würde. Endlich eines, an dem er bleiben konnte. Als die Tierschützerin eintraf, ging alles ganz schnell. „Sie bleiben bei ihrem Entschluss, nachdem sie ihn gesehen haben?" Fragte sie. „Na klar." Lächelte die junge Frau. „Ich hoffe meine Meggy sieht das genauso."

Beherzt und mit all ihrer Erfahrung betrat die Tierschutzdame die Diele und sprach beruhigend auf Bobo ein. Er drehte zwei Runden durch die Diele und blieb dann, abwechselnd die Tür und die Dame anschauend, vor der Tür stehen. Die Tierschützerin beugte sich langsam vor, sprach ruhig mit ihm und ehe er sich versah, hatte sie ihn im Mamagriff am Nacken und setzte den so wehrlosen Kater in die Transportbox, die Anna bereitgestellt hatte. Nun wurde die Box abgedeckt und Kater samt Box in das Auto seiner neuen Besitzerin gebracht. Das Schriftliche, schließlich muss alles seine Ordnung haben, war in wenigen Minuten erledigt und Anna sah wie Bobo mit seiner neuen Besitzerin davonfuhr. „Ich halte Sie auf dem Laufenden." Sagte die Tierschützerin und verabschiedete sich von Anna. Das wars. Erleichtert aber auch ein ganz kleines bisschen besorgt, bereitete sich Anna eine Tasse Kaffee und schaute dann nach ihren Süßen. Natürlich waren sie ausgerissen als fremde Menschen das Grundstück und das Haus betreten hatten. Als Anna sie rief und ihr ganz spezieller Pfeifton erklang, kamen sie aus allen Richtungen zurück ins Haus. Draußen war es februargemäß nasskalt und drinnen musste zuerst untersucht werden, ob wirklich keine Fremden mehr im Haus waren. Dann gingen alle zur Tagesordnung über.

Vier Tage später brachte die neue Bobo-Besitzerin Anna die Transportbox zurück. „Wie geht es Bobo?" Wollte Anna wissen.

Die junge Frau grinste: "Seinem Appetit nach zu urteilen, geht es ihm sehr gut. Auch seine Geschäftchen sind entsprechend üppig, allerdings erledigt er die noch nicht immer auf dem Katzenklo. Und er faucht mich noch an. Anfassen geht gar nicht. Naja es braucht Zeit." „Stellen sie ihm mal ein zweites Klo auf. Muss ja nicht teuer sein. Draußen machen Katzen das kleine und das große Geschäft auch nicht am gleichen Ort. Und mit dem anfassen, manche Katzen lassen das nie zu." „Ja, ich weiß." Nickte die Dame. Es ist auch blöde, dass ich ihn die nächsten Tage noch im Keller halten muss, um ihn an mich und das Haus zu gewöhnen. Ich kann ihn nicht in der Wohnung lassen, wenn ich auf der Arbeit bin. Ich müsste sonst Meggy entweder mit ihm einsperren oder solange aussperren bis ich nachhause komme und das halte ich für riskant, weil ich nicht weiß ob beide sich vertragen. Natürlich möchte ich auch nicht, dass sich Meggy umgewöhnen muss." „Ich verstehe." Meinte Anna und sie dachte an die ersten Tage nach ihrem Umzug mit ihrer Katzen Family. „Keller ist sicher doof für Bobo, aber wenn es nicht anders geht. Er wird schon spüren, dass Sie es gut mit ihm meinen und bestimmt bald aufhören zu fauchen. Es sind ja erst ein paar Tage. Kann er denn rausschauen? Vielleicht durch ein Fenster?" Die junge Frau sah Anna nachdenklich an. Sie schien mit der Frage nicht so recht etwas anfangen zu können. „Ich meine zur Orientierung." Erklärte Anna und erzählte ihr wie sie das nach dem Umzug mit Familie Schulz gemacht hatte. „Geplant war, gemäß der Katzenexperten, dass sie die ersten vier Wochen im Haus, auch hauptsächlich im Keller und im Gehege bleiben sollten. Aber nach einer Woche wurden sie unsauber, obwohl ihnen mehr als genug Katzentoiletten zur Verfügung standen und ich die natürlich auch sauber hielt. Am 11. Tag haben wir sie schon rausgelassen. Das war eine Freude, kann ich Ihnen sagen. Die sind hier herumgeflitzt wie Derwische. Rauf auf die Bäume, runter von den Bäumen, quer übers ganze Grundstück. Zwischendurch kamen sie abwechselnd zu mir, schubsten mich an meinen Beinen, als ob sie sich bedanken wollten und mauzten in allen Tonarten. Was mich am meisten gewundert hat, war, dass sie sich sofort orientieren konnten. Sie kannten alle Türen und Fenster durch die man rein und raus gehen konnte, fanden auch sofort den Eingang zum Gehege und durch das Gehege und das Kellerfenster wieder ins Haus. Mary habe ich die ersten vier Tage nur zum Fressen hier gesehen. Sie musste wohl zuerst die Umgebung erkunden, kam aber immer wieder rein. Dann wurde sie ruhiger und lief nicht mehr so weit weg. Ich vermute, dass sie sich durch die Fenster und die Aussicht aus dem Gehege schon gut vororientiert hatten. Deshalb meine Frage. Wenn sie ihm den Ausblick nach draußen ermöglichen, wird er vielleicht etwas zufriedener sein." „Das ist ein sehr guter Hinweis." Sagte die junge Frau. Ich werde ihm etwas zum hoch klettern hinstellen, damit er die Fensterbänke erreichen kann. So wie es jetzt ist, kann er da nicht hin. Aber das mache ich. Danke für den Tipp. Denken Sie ich sollte Meggy jetzt schon zu ihm lassen? " „Ich würde noch zwei, drei Tage warten und es dann versuchen. Aber natürlich nur wenn sie dabei sind." „Kommen Sie doch mal vorbei." Lud die junge Frau Anna ein. „Vielleicht so in vier Wochen, wenn Bobo raus darf. Ich habe ihn übrigens umgetauft. Er heißt jetzt auch Mike." „Hauptsache er hört darauf." Lachte Anna. Die beiden verabschiedeten sich und Anna nahm sich fest vor, Bobo-Mike einmal zu besuchen.

Zuhause angekommen, rückte die neue Besitzerin im Keller alte Möbel zurecht. Auf einem Campingtisch, den sie unter eines der Kellerfenster gestellt hatte, platzierte sie noch einen alten Stuhl. So konnte der Kater mit drei mittleren Sätzen auf die Fenster-bank und jederzeit nach vorne vor das Haus schauen. So sah er auch wenn sein neues Frauchen nachhause kam oder fort ging. Er konnte Vögel beobachten, das Wetter und bis hinüber zu ei-ner großen eingezäunten Wiese schauen, wo manchmal drei Kühe weideten. Im Kellerraum nebenan musste Frauchen zuerst Ordnung schaffen. Hier stellte sie dann eine Klappleiter unter das Fenster, einen Stuhl gegen die Seitenwand und verband bei-des mit zwei alten Holzbalken, die vom Stuhl bis zur vorletzten Stufe der Leiter reichten. Sie verschnürte alles absturzsicher und befand ihr Werk als tauglich für Kletterkünstler wie Katzen. Von diesem Fenster aus konnte Bobo-Mike hinüber zum Wald schauen und so langsam erfahren, wie es um das Haus herum aussah. Als sein neues Frauchen aus dem zweiten Kellerraum kam, saß er in dem ersten Raum bereits auf der Fensterbank und fauchte sie von oben herab an. „Werde ja nicht noch frecher." Sagte sie schmunzelnd.

Von nun an war dies sein Lieblingsplatz. Klar hatte er längst ausprobiert, ob das Fenster irgendwie zu öffnen war. Aber er ka-pierte schnell, dass es nicht ging. Der Ausblick war schonmal etwas. Ab und zu kam ein hübsches grau getigertes Kätzchen ans Fenster und schaute zu ihm herein. Es miaute dann und Bobo-

Mike miaute zurück. Auch konnte er jetzt zwei Toiletten benutzen. Die eine für das feste, die andere für das flüssige Geschäft. Das Futter schmeckte und er fand toll, dass er es nicht teilen musste. Aber zu gern wäre er raus gegangen. Einfach spazieren oder auch jagen. Das fehlte ihm. Seine neue Besitzerin wurde ihm immer sympathischer und allmählich unterließ er das Fauchen. Einmal, Frauchen wusste gar nicht wie ihr geschah, war er ihr sogar um die Beine gestreift und hatte sie mit dem Kopf angeschubst. Dann wollte sie ihn streicheln, aber soweit war er noch nicht.

Etwa eine Woche, nachdem sie ihm die Klettertürme im Keller aufgebaut hatte, beobachtete die junge Frau wie ihre Meggy ans Kellerfenster lief und sie konnte auch Mike hinter der Scheibe sehen. Sie war gerührt, als das Kätzchen ihm durch die Scheibe Köpfchen gab. Es sah so aus, als ob er das von drinnen erwiderte. Ihr wurde ganz warm ums Herz und sie wusste, dass jetzt der Moment gekommen war, die beiden zu vergesellschaften. Kurzerhand nahm sie Meggy auf den Arm und trug sie hinunter in den Keller zu Mike. Sie musste ihn nicht mehr rufen, er war sofort zur Stelle, wenn sie in den Keller kam. Jetzt hielt er abrupt inne, als plötzlich Meggy vor ihm stand. Ohne jeden Argwohn, ohne Scheu und mit einer Selbstverständlichkeit, die ihrer Besitzerin unheimlich war, lief Meggy auf den Kater zu, schnupperte an seiner Nase, stutzte, schnupperte wieder und forderte ihn ohne Umschweife zum Fangenspiel auf. Mike wusste nicht wie ihm geschah. Vorsichtig ließ er sich auf das Spiel ein, legte sich auf den Bauch und pfötelte nach dem hübschen, jungen Kätzchen. Das hatte sich die Besitzerin schwieriger vorgestellt. Viel schwieriger. Jetzt konnte sie den Kater mit hinauf in die Wohnung nehmen, damit er sich auch hier eingewöhnen konnte.

Da sich die beiden Tiere offensichtlich mochten, war es kein Problem, sie ein paar Tage lang, während die Besitzerin auf der Arbeit war, in der Wohnung einzusperren. Abends durfte Meggy dann ins Freie und Mike brachte sie in den Keller. Aber Meggy lag dann nur am Kellerfenster von außen und Mike von innen.

Nach weiteren drei Tagen bekam dann auch Mike Ausgang. Als die Besitzerin zuhause war und die beiden gefressen hatten, ließ sie die Katzenklappe offen und Meggy nahm das Angebot sofort an. Mike folgte Meggy, schaute aber, bevor auch er durch die Klappe ging zu Frauchen hinüber, ob das auch in Ordnung war.

Es war in Ordnung. Mike hatte seine Freiheit wieder. Nach ein paar vorsichtigen Schritten mit Schnuppern hier und dort lief er der jungen Katze hinterher und die beiden tobten über die Wiese vor der Tür, als ob es niemals anders gewesen wäre.

Jetzt war er angekommen. Noch etwas unsicher, aber er spürte Liebe und Zuneigung. Jetzt hatte er eine neue zweibeinige Freundin, der er vertraute, ein schönes Zuhause, wo er ein- und ausgehen konnte wie er es wollte und eine hübsche, junge Freundin auf vier Samtpfoten. Was wollte Kater mehr? Er fand es toll, bei trockenem Wetter zusammen mit Meggy auf der Bank vor der Haustür zu liegen und über die Weide hinunter bis ins Dorf zu schauen. Und seine Besitzerin freute sich täglich wenn sie von der Arbeit nachhause kam über das Bild, wie die beiden auf der Bank liegen und sie kurz danach schmusend und schubsend am Eingang begrüßten. Und natürlich ließ der Schwarze sich inzwischen auch gerne von ihr streicheln.

Viel Glück kleiner Bobo, du hast es verdient.

Kapitel 10

Taxi auf Gefahrensuche

Ihr dritter Winter in Deutschland neigte sich dem Ende zu und erste grüne Vorfrühlingsboten wie Schneeglöckchen und Krokus streckten ihre grünen Triebe durch die braungraue Bodendecke. Mit den etwas wärmeren Sonnenstrahlen wurden die Mitglieder der Katzenfamilie Schulz wieder unternehmungslustiger. Sie blieben länger draußen als bei dem nasskalten Winterwetter. Vor allem Taxi machte Erkundungsgänge in weiter entfernte Gefilde. Ein Nachbar meinte, sie am See gesehen zu haben, was Anna durchaus für möglich hielt. Sie selbst glaubte sie am Waldrand nahe der östlichen Stadtgrenze gesehen zu haben. Diese war Luftlinie nur etwa einen Kilometer vom eigenen Grundstück entfernt, aber um hierher zu gelangen musste eine Katze einige Zäune überwinden oder über die Straßen etwa drei bis vier Kilometer zurücklegen. Sie hatte darauf verzichtet, die kleine schwarze Mieze zu rufen, damit sie nicht über die stark befahrene Hauptverkehrsstraße noch weiter weg oder gar vor ein Auto lief, nur um Annas Ruf zu folgen. Sie war erleichtert, als sie Taxi bei ihrer Heimkehr gesund und wohlauf zuhause mit den anderen vorfand. Dennoch kapselte Taxi sich oft von den anderen ab. Sehr gerne streifte sie über die Bullenweide, die hinten ans Grundstück grenzte. Vor den riesigen Tieren, die immer neugierig alles beäugten, was sich in ihrer Nähe bewegte, hatte sie null Respekt. Sie war dort auch in den Stallungen unterwegs, Anna sah sie ein ums andere Mal von dort kommen. Dann roch sie nach Kuhdung und nicht selten hatte sie Geschenke für Anna, manchmal noch lebende. Wenn Anna sie rechtzeitig damit kommen sah, schloss sie schnell die Klappe im Kellerfenster und

92

verhinderte so Jagdspiele im Haus. Dann wurde die Maus draußen verspeist, oder tot einfach liegen gelassen. Einmal hatte Anna der Atem gestockt als sie zusah wie Taxi nur wenige Zentimeter am Hinterbein eines der riesigen Bullen vorbeiging, als ob dieser gar nicht da wäre. Sie malte sich aus was passieren könnte, wenn der mal eben nach hinten austrat, sei es aus Reflex um ein Insekt zu verjagen.

Mit zunehmenden Nachttemperaturen wurde es immer schwieriger, Taxi am Abend nach drinnen zu locken, damit Anna die Klappe schließen konnte. Auch um zu verhindern, dass die Katzen der Nachbarn Zugang zum Haus hatten. Außerdem wurden Marder gesichtet, die auch bei Gelegenheit in die Häuser kommen können, um fressbares zu suchen. Manchmal musste sie bis Mitternacht und länger auf die umtriebige Katze warten. Und das nur, weil dieses kleine, eigensinnige Tier einfach nicht die Funktion der Katzenklappe nutzen wollte. Mehrfach hatte Anna beobachtet, dass Taxi sich mit den Nachbarskatern anlegte. Sie schrie laut und fauchte die Kerle an, sobald sie sie sah. Das schreckte diese aber nicht. Im Gegenteil fühlten sie sich provoziert, zu zeigen wer hier Chef im Ring ist. Und manchmal kam es zu mittleren Prügeleien. Einmal hatte sie sich so sehr mit Kater Theo geschlagen, dass sie eine heftige Bisswunde am Schenkel hatte, die tierärztlich behandelt werden musste. Anna hatte den Streit gehört die beiden aber zuerst nicht entdecken können. Durch klatschen in die Hände und zischende Laute schaffte sie es, die Tiere zu trennen. Taxi kam zu ihr gelaufen und Theo floh in Richtung seines Zuhauses. Wie sie Tage später erfuhr, musste Theo ebenfalls zum Tierarzt gebracht werden. Auch zwischen Taxi und ihrem Bruder Angus gab es wieder häufiger

Raufereien. Wenn er sich ihr näherte, fauchte sie ihn an. Und damit erreichte sie manchmal was sie wohl eigentlich verhindern wollte, nämlich dass er sie attackierte und sie mit sichtbarem Vergnügen über die Wiese jagte. Nicht selten schloss Schwester Mary sich der Jagd an. Einmal trieb sie Taxi bis in den letzten Zweig eines Apfelbaums und ließ ihr keine Chance zurück zu klettern. Mit einem Besenstiel musste Anna Mary aus den Ästen schieben damit Taxi hinunter klettern konnte. Sie schimpfte mit der größeren Schwester, bezweifelte aber, dass das half. Es schien Anna als ob das Ganze für Angus und Mary ein tolles Jagdspiel war, bloß dass Taxi nicht spielen wollte.

Es war dann auch nicht verwunderlich, dass Taxi sich ihre Schlafplätze immer weiter weg von den beiden Geschwistern suchte. Lediglich mit Mama Schulz teilte sie sich hin und wieder noch ein Lager.

Im Hochsommer, als es mehrere Nächte tropische Temperaturen gab und am Tag das Thermometer über 30 Grad anzeigte, kam Taxi nicht nachhause. Jedenfalls nicht, wenn Anna dabei war. Nachts konnte sie ja ins Haus, unbemerkt futtern und wieder verschwinden. 24 Stunden unternahm Anna nicht viel, außer im Garten und an der Bullenweide nach ihr auszuschauen, zu rufen und zu pfeifen. Am zweiten Tag packte sie das Futter über Nacht weg. Auch ihre anderen Drei fraßen bei der Hitze wenig, warteten aber am Morgen hungrig auf Nachschub. Als sich Taxi auch am dritten Tag nicht sehen ließ, war Anna ernsthaft in Sorge. Sie setzte sich auf ihr Fahrrad und klapperte die gesamte Nachbarschaft ab. Rufend und pfeifend schaute sie in die Gärten, befragte Leute, die sie in den Gärten entdeckte. Aber niemand hatte eine kleinere, schwarze Katze gesehen. Bis zum See fuhr sie, sah und hörte sich dort um. Nichts. Auf dem Rückweg bog sie noch einmal in die angrenzende Wochenendhaussiedlung ab und rief und pfiff. Dann hörte sie die unverkennbare Antwort von Taxi. Sie schien direkt aus Annas Garten zu kommen und schon kam das kleine schwarze Tier von dort auf sie zu. Sie guckte etwas irritiert, als ob sie fragen wollte; „was machst du denn für ein Geschrei? Ich bin doch hier." Völlig unbekümmert strich sie Anna um die Beine und genoss deren Streicheleinheiten. Es war heiß und Taxis schwarzes Fell nahm das Sonnenlicht auf wie alles dunkle. Anna wollte sich beeilen, nachhause zu fahren, um Taxi dort in Empfang zu nehmen, aber die Mieze lief ihr hinterher auf die Straße. Also schob sie das Fahrrad, achtete auf Autos und gab ihnen Zeichen, dass sie langsam fahren sollten. Taxi blieb am Straßenrand und hielt sich miauend im Schatten der Siedlungshecke. Wieder zuhause knackte sie einige Trockenfutterkroketten, schlabberte frische, kühle Katzenmilch, ließ sich zaghaft streicheln und stand schon wieder an der Haustüre, damit sie nach draußen gelassen wurde.

„Bingo." Seufzte Anna, als sie ihr nachschaute. Nach zweistündiger intensiver Suche bei 34 Grad Hitze, im Schweiße ihres Angesichts, wusste sie nun, dass es ihrem Schützling gut ging. Sie hätte zu gerne gewusst, was die Katze während der letzten 75 Stunden gemacht hatte und wo sie gewesen war. Aber das blieb wohl Taxis Geheimnis. Sie hatte immer schon eigene Ideen gehabt. Auch damals auf Mallorca blieb sie manchmal tagelang weg. Dann kam sie als ob nichts gewesen wäre und ließ es sich zuhause gut gehen. Zweimal hatte Anna sie nachts auf dem

Heimweg an einer Abzweigung, die von der Schnellstraße zu Annas Haus führte, aufgelesen. Dort saß sie dann in dem schmalen mit niedrigen Sträuchern bewachsenen Streifen zwischen der alten und der neuen Straße von Artá nach Capdepera. Was sie dort machte blieb für Anna ein Rätsel. Es gab dort erkennbar nichts was für eine Katze interessant sein könnte. Aber dort fuhren die Autos so schnell, dass keine Katze es überleben konnte, wenn sie von einem Auto erfasst wurde. Häufig lagen entlang dieses Straßenabschnittes tot gefahrene Kleintiere.

Auch war Taxi der Meinung, dass ihr der Dalmatiner von Ulfs Chef nicht gefährlich werden konnte. Dieser hatte ihn an einem Nachmittag in ihrem ersten Sommer in Deutschland zu einem Besuch im Garten mitgebracht, was häufiger passierte. Die Miezen verzogen sich dann meist still und heimlich nach drinnen oder auf die Nachbargrundstücke, wohin ihnen der Hund nicht folgen konnte. Aber an diesem Tag war Taxi wohl der Meinung: „Ach den kenne ich, der tut nichts." Sie blieb fast regungslos am Teich sitzen und sah den Fischen zu. Und tatsächlich drehte der Hund seine Runden durch den Garten, ohne Notiz von ihr zu nehmen. Aber dann blieb er plötzlich, gut einen Meter von ihr entfernt, stehen und schaute sie an. Sie überlegte noch einen Moment und schaute auch ihn an. Dann legte sie die Ohren an. Anna, Ulf und der Besucher hielten es für das Beste, sich erst einmal nicht einzumischen, beobachteten die beiden aber aufmerksam. Es war nicht zu übersehen, dass Taxi überlegte, wohin sie fliehen könnte, wenn es denn notwendig würde. Richtung Wasser, eher nicht. Flucht nach vorne? Wahrscheinlich. Vielleicht konnte sie den viel größeren Rüden ja mit Fauchen beeindrucken und das versuchte sie dann auch. Der Dalmatiner stieß ein fast lautloses Wuff aus und machte einen Minischritt auf sie zu. Dann bellte er sie an und sie erschreckte sich so heftig, dass sie sofort die Flucht ergriff. Knapp an ihm vorbei rannte sie eine Runde um die kleine Menschengruppe, dann verschwand sie hinter dem Baucontainer um sofort wieder bei der Gruppe aufzutauchen. Der große Hund war bellend in geringem Abstand hinter ihr her und sein Herrchen, Anna und Ulf versuchten ihn durch verschiedene Rufe und dazwischen springen davon abzuhalten. Schließlich kletterte Taxi, geschwind wie ein Eichhörnchen, auf die große, alte Fichte nahe dem Baucontainer und brachte sich so fürs Erste in Sicherheit vor dem Hund. Der stützte sich mit den Vorderpfoten am Baumstamm ab und wollte die Verfolgung noch immer nicht aufgeben. Erst nach einigen Minuten gab er Ruhe und legte sich hechelnd neben sein Herrchen, ohne die Katze auf dem Baum aus den Augen zu lassen. Alle hatten erhöhten Puls vor Aufregung, vor allem Taxi. Das konnte man deutlich erkennen. In ungefähr vier Metern Höhe saß sie auf einem der unteren Äste und kam, auch nachdem der Besuch längst fort war, nicht hinunter. Offenbar wusste sie nicht, wie sie den senkrechten, dicken Baumstamm sicher hinabklettern sollte. Sie begann laut zu miauen und Ulf baute ihr einen weniger steilen Abgang aus ein paar schlanken Ästen, Brettern und einer Klappleiter. Erst als sich Anna und Ulf still zurückzogen, traute sie sich, vorsichtig dort hinunter zu klettern. Immerhin achtete sie von nun an darauf, ausreichend Abstand zwischen sich und dem Hund zu halten. Taxi war einfach unbekümmert oder auch unvorsichtig und deshalb häufiger in Gefahr. Das wusste Anna natürlich und sorgte sich um die kleine, schwarze Katze. Der Rest der Familie war vorsichtiger und ging nach Annas Einschätzung auch nicht so weit von zuhause weg.

Kapitel 11

Schicksalswege eines Katers

Sie waren vier! Zwei Brüder und zwei Schwestern. Der Erstgeborene hatte schwarzes Fell mit markanten weißen Mustern, der Zweitgeborene war rot getigert und trug bis auf Nuancen die gleiche weiße Zeichnung wie sein Bruder. Die beiden Schwestern, eine ebenfalls schwarz und weiß und eine grau getigert und weiß ließen keinen Zweifel aufkommen, dass sie aus einer Familie stammten. Ihre Mama „Suse" hatte die gleichen weißen Socken an allen vier Pfoten, einen weißen Bauch mit weißem Kragen, weißes Schnäuzchen und eine rosa Nase inmitten eines weißen Dreiecks, das sich nach oben zur Stirn hin verjüngte und zwischen den kräftig grünen Augen nur noch einen feinen weißen Strich abbildete. Knapp sechs Wochen alt waren die vier gerade geworden. Suse hatte sie hoch oben im Heulager, oberhalb der Pferdeboxen zur Welt gebracht, so wie die drei Würfe vor diesem auch schon. Aber die Geburt dieser Vier hatte ihr alles abverlangt. Noch hatte sie sich nicht vollständig davon erholt. Aber sie tat wie immer ihr Bestes, auch diesen Wurf durchzubringen, bis die Kitten unabhängig von ihr überleben konnten. Seit die vier die Augen geöffnet hatten, waren sie hier auf dem Schober auf Entdeckungskurs und immer, wenn Suse von draußen hereinkam musste sie die Kleinen zusammensuchen. Doch weil die dann hungrig waren, kamen sie meist von alleine zu ihr, um sich bei ihr satt zu trinken.

Suse hatte selbst große Mühe ihren eigenen Hunger zu stillen und der war durch die vier Kitten sehr sehr groß. An der Futterstelle des Ponyhofs gab es mehrmals täglich katzengerechtes Futter, aber Suse war zurzeit nicht die einzige Katze, die sich hier satt fressen wollte. Einer ihrer Söhne aus einem vorherigen Wurf war auf dem Hof geblieben und machte ihr ihren Anteil streitig. Das Jagen bereitete ihr große Mühe. Sie war geschwächt und so manche Maus konnte ihr deshalb entkommen. Doch noch reichte ihre Muttermilch für ihre Babys.

Am Morgen hatte Suse das Nest verlassen und den Kindern befohlen, dort auf sie zu warten. Es war ein mühsamer Weg hinunter in den Stall, der zurück nach oben noch viel anstrengender. Es gab nur eine schmale Stiege aus Holz auf der sie die gut vier Meter bis zum Schober hinauf- oder hinunterklettern musste. Sie hatte nach Alternativen Ausschau gehalten aber nichts gefunden, was ihr sicher genug erschien. Sie brauchte einen Unterschlupf, den sie leicht erreichen konnte und der dann auch für ihre Kinder erreichbar, sicher und vor allem wettergeschützt sein musste. Längst hätte sie mit der Ausbildung der Kinder beginnen müssen, aber sie fühlte sich selbst noch zu schwach dazu.

Als sie am Abend noch immer nicht zurückgekehrt war, machten sich die Kitten auf die Suche nach der Mama. Sie suchten das Heu ab, schauten in jede Ecke, unter jeden Sack. Aber Suse war nicht dort. Sie riefen aus Leibeskräften, erhielten jedoch keine Antwort. Als die Pferde in den Stall gebracht wurden, verstummten ihre Rufe, sie versteckten sich, so wie sie es von Mama gelernt hatten. Als Ruhe eingekehrt und das Licht im Stall erloschen war, versuchten sie es erneut mit Rufen. Erfolglos.

Auch am nächsten Tag kam Mama Suse nicht zu ihrem Nest zurück. Die Rufe wurden lauter und die Katzenkinder schauten von oben durch die Ritzen im Holzboden nach unten in den Stall, ob sie ihre Mutter entdeckten. Sie war nicht dort. Die Pferde wurden nach draußen gebracht und das alltägliche Geschehen auf dem Hof ging seinen gewohnten Gang. Am frühen Nachmittag folgte die kleine Tochter der Hofbesitzer ihrer Mama in den Pferdestall zum Ausmisten. „Mama da piepst was." Sagte die Kleine mit erhobenem Zeigefinger. Aber immer, wenn Mama still dastand und horchte war alles ruhig. „Ich höre nichts." Sagte sie und fuhr mit ihrer Arbeit fort. Die Kleine half ihr mit ihrer eigenen kleinen Heugabel. Bald war es wieder still im Stall und obwohl es dem kleinen Mädchen verboten war, sich alleine dort aufzuhalten, kam sie zurück, verhielt sich ganz ruhig und horchte. Da war es wieder das Piepsen und eindeutig lokalisierte die Kleine, dass es von oben kam. Sie durfte mit ihren kaum sechs Jahren nicht hier sein und schon gar nicht durfte sie die Stiege hinaufklettern ins Heu. Aber das Piepsen klang so jämmerlich, dass sie nicht widerstehen konnte. Vorsichtig kletterte die Kleine nach oben. Mulmig war ihr schon ein bisschen, aber nur wegen des Verbotes, die Gefahr war ihr nicht wirklich bewusst. Jetzt war wieder alles still und richtig gut sehen konnte sie hier oben auch nicht, denn Tageslicht gab es nur unten im Stall. Ein Rascheln im Heu lenkte ihren Blick an die Stelle, wo der Heuhaufen am höchsten war. Dort bewegte sich etwas und zwei kleine weiße Punkte blitzten zwischen den trockenen Gräsern. Als sie sich den Punkten näherte, entdeckte sie zuerst eins der Katzenbabys, das dort ganz still hockte und sie ängstlich anschaute. Instinktiv langsam und vorsichtig näherte sich das kleine Mädchen dem Katzenbaby, das sich flink tiefer ins Heu zurückzog. Als die Kleine das Heu auseinander schob entdeckte sie ein weiteres Katzenbaby und dann noch eins und schließlich alle vier. Sie versuchten sich tiefer im Heu zu verstecken, aber weiter zurück ging es nicht. Suse, wurde der Kleinen sofort klar, das mussten Suses Babys sein. Dass sie trächtig war, hatte sie von Ihrer Mutter erfahren, aber sie selbst hatte Suse schon lange nicht mehr gesehen, was ihr erst in diesem Moment bewusst-wurde.

Ihre Mutter brachte die Ponys in den Stall und das kleine Mädchen vergaß das Verbot und alles andere und rief ihrer Mutter unten im Stall zu: "Mama komm mal, die Suse hat Junge!"

Erschrocken über die Tatsache, dass ihre Tochter oben auf dem Schober in vier Metern Höhe herumturnte und ihr Verbot ganz einfach ignorierte, kletterte sie sofort die Stiege empor und schimpfte als erstes mit ihrer Tochter bevor sie sich den Katzenkindern zuwandte. Soviel sie sehen konnte waren es tatsächlich Suses Kinder, denn sie hatten alle vier die gleiche weiße Zeichnung. Zwei wirkten schwach und wackelig auf den Beinen, die beiden anderen waren etwas kräftiger. Aber wo war Suse? Trotz Protest bugsierte sie als erstes ihre Tochter vorsichtig nach unten und aus dem Pferdestall heraus. Dann kümmerte sie sich um die Pferde, versorgte sie und schaute sich zwischendurch nach Suse um. Ihre Tochter lief Suse rufend über den Hof. Eine innere Stimme sagte der Frau, dass etwas nicht in Ordnung war und dass sie die Katze, obwohl sie wusste, dass sie trächtig war in letzter Zeit sehr vernachlässigt hatte. Die kleine Viola weinte weil ihre Mutter sich nicht um die Katzenbabys kümmern wollte. „Schau," erklärte sie dem Kind „wir können die Babys dort nicht wegholen, denn wenn die Suse nachhause kommt und ihre Babys nicht findet, wird sie sie suchen und sich große Sorgen machen. Außerdem muss sie ihnen Milch geben, denn sie sind noch zu klein, um selbständig zu fressen." „Die Suse ist weg." Weinte Viola. "Ich habe sie schon ganz lange nicht mehr gesehen." Violas Mutter erklärte ihr, dass das ganz normal ist, wenn eine Katze Junge hat, dann kümmert sie sich fast nur noch um die Kleinen und säugt sie und pflegt sie. Aber ihr eigenes schlechtes Gewissen war präsent auch wenn sie wusste, dass sie die Katze nicht absichtlich vernachlässigt hatte, sondern weil ihr manchmal die Arbeit über den Kopf wuchs. Sie hatte auch beobachtet, dass Kater Perry, ein Sohn von Suse, ihr immer weniger Futter übrig gelassen hatte und sie sogar vom Fressnapf vertrieb. Jetzt tat es ihr leid und sie wusste, dass sie die Katze unbedingt finden musste, wenn sie die Babys retten wollte. Sie versprach Viola, dass sie Suse suchen würde, sobald Viola zu Bett gegangen war. Ausgerechnet jetzt war sie mit der Kleinen allein, ihr Mann auf Geschäftsreise und ihre Stallhelferin lag krank im Bett.

Die Frau, Daniela, suchte bis in die frühen Morgenstunden nach Suse. Aber ihr Rufen blieb unbeantwortet und Suse ließ sich nicht sehen. Kater Perry war die ganze Zeit über um sie herum, aber keine Spur von Suse. Das Rufen der Katzenbabys im Heu wurde lauter und lauter. In einer kleinen, alten Reisetasche holte sie am ganz frühen Morgen die kleinen Katzen vom Schober. Sie sah sofort, dass zwei von ihnen das Drama wahrscheinlich nicht überleben würden. Gemeinsam mit Viola fuhr sie zum Tierarzt. Sie ließ die Kitten dort mit den Worten: „Tu bitte alles was möglich ist, um die Tiere zu retten. Ich habe es versaut!" In ihren Augen standen Tränen und Viola weinte jämmerlich.

„Auch um eine Katze muss man sich kümmern Mami, nicht nur um Pferde und Hunde, das habe ich jetzt gelernt." Ihre Mutter nickte schweigend und fuhr zurück zum Hof.

Von Suse fehlte immer noch jede Spur. Viola bekam den Auftrag, in der direkten Nachbarschaft, also in Blick- und Hörweite nach ihr zu suchen und zu rufen, während sich Daniela um die Ponys kümmerte. Am frühen Nachmittag kam ihr Mann nachhause und nachdem sie ihm die Geschichte von Suse und ihren Kitten erzählt hatte, meinte er: „Ach, sorge dich nicht. Katzen haben sieben Leben. Die Natur wird es richten. Es sind Stallkatzen." Sprachlos über so wenig Anteilnahme sah sie ihm zu, wie er seine beiden Border Collie-Mischlinge mit Roastbeef verwöhnte. Er hatte sie sogar mit auf seine Reise genommen, obwohl sie doch eigentlich den Hof bewachen und mit den Ponys arbeiten sollten.

Die kleine Viola suchte immer noch nach Suse und hatte die Zeit vollkommen vergessen. Auch den nahe gelegenen Waldrand hatte sie nach ihr abgesucht: Die Nachbarn hatten Suse in letzter Zeit nicht gesehen.

Am späten Nachmittag brachte der Tierarzt, ein Freund der Familie, zwei der vier Katzenbabys zurück auf den Hof. „Zwei kleine Kater bringe ich dir zurück." Sagte er zu Daniela. „Die beiden Weibchen waren schon zu schwach um Nahrung aufzunehmen. Für sie konnte ich leider nichts mehr tun." „Aber die Mutter ist unauffindbar." Entgegnete Daniela. „Wie sollen wir die Kleinen denn durchbringen?" „Ich habe dir ein Fläschchen mitgebracht und spezielle Kittenmilch aber sie schlabbern auch schon Brei aus dem Napf. Jetzt müsst ihr euch um sie kümmern, wenn die Mutter nicht mehr da ist. Sie müssen alle zwei Stunden trinken. Grundsätzlich scheinen sie aber gesund zu sein." Mit der Situation überfordert schaute Daniela in die Tasche, aus der es leise miaute und aus der zwei kleine, blaue Augenpaare sie ängstlich und erwartungsvoll zugleich anschauten. Viola stand neben ihrer Mutter und fragte: "Darf ich mich um die Kätzchen kümmern?" Erstaunt schaute ihre Mutter sie an: „Aber liebes, du brauchst doch deinen Schlaf und kannst nicht nachts alle zwei Stunden aufstehen und dich um Katzenbabys kümmern." „Schlaf wird allgemein überwertet." Mischte sich ihr Mann ein.

"Wenn Viola das möchte, dann darf sie das am Tag ruhig über-nehmen. Noch muss sie ja nicht zur Schule und nachts kümmere ich mich um die Viecher." Violas Mutter war so überrascht von dieser Reaktion, dass ihr die Worte fehlten. „Klingt doch gut." Meinte der Tierarzt. „Ich habe hier aufgeschrieben, was ihr be-achten müsst. Ein paar Wochen wird es aber dauern, bis sie keine Milch mehr brauchen und mit Kittenfutter auskommen. Ich bin sicher, ihr tut euer Bestes."

Kaum war der Tierarzt weg schnappte sich Rainer die Tasche mit den Kitten und rief seine Hündinnen Bella und Dora zu sich. Daniela wollte sich einmischen, hielt dann aber doch inne. „Schaut mal. Das sind jetzt eure Babys. Passt gut auf sie auf, dass sie nicht weglaufen. Und nur wir drei Viola, Daniela und ich dürfen sie anfassen." Die Hunde schnupperten die Minikat-zen ab und winselten leise während ihre Schwänze Freude sig-nalisierten. Bella begann sie abzulecken, was Rainer aber stoppte. „Und jetzt geht und sucht Suse." Er hatte gesehen, dass Suse ab und zu auf einem kleinen Holzbrett, das auf dem Feuer-holz im Schuppen lag, geschlafen hatte. Das Brett musste nach ihr riechen. Er hielt es den Hunden hin und befahl: „Such die Suse, such, such." Die Hunde stürmten nach draußen und begannen tatsächlich draußen alles zu beschnuppern. Aber auch an diesem Tag wurde Suse nicht gefunden.

Daniela war positiv überrascht über so viel Einsatz ihres Mannes. Für Katzen interessierte er sich sonst nicht. Viola war stolze Katzenmami und fütterte die beiden Kater vorbildlich, wie man es ihr gezeigt hatte. Dann nahm sie immer ein kleines Stück Lammfell unter das Fläschchen, so dass die Kitten, wie bei einer Katzenmama, das Fell um die Zitzen herum mit ihrem Milchtritt stimulieren konnten. Das machte Mikesch so heftig, dass seine winzigen aber spitzen Krallen sogar durch das Fell hindurch Violas Hand erreichten. Es tat ihr nicht weh, aber sie spürte es.

Nachts schlief Rainer in der Wohnstube mit den Hunden bei den Kitten, für die sie einen hochwandigen Korb gefunden hatten, aus dem sie noch nicht hinausklettern konnten. Den Wecker brauchte er allerdings nicht, denn etwa alle zwei Stunden mauzten zuerst die kleinen Miezen und dann schleckte eine der Hündinnen sein Gesicht ab, damit er wach wird und Katzenbabys füttert.

Viola, Rainer und auch die beiden Hunde nahmen ihre Aufgaben ernst. So konnte sich Daniela auf ihren Ponyhof konzentrieren. Aber von weitem behielt sie dennoch den Überblick. Die kleinen Kater, die Viola Garfield und Mikesch getauft hatte, gediehen prächtig, wuchsen schnell und hatten außer toben, spielen, schlafen und Nahrung aufnehmen nichts im Sinn. Mit der Bewachung wechselten Bella und Dora sich ab, ohne dass es ihnen jemand befohlen hatte. Die einzige Sorge machte sich Daniela um die

Frage, wie die beiden Katzen Jungs lernen sollten, dass sie Kater sind. Denn ihre Mutter, Suse war noch immer nicht wieder aufgetaucht. Und ihren älteren Bruder Perry ließen die Hunde nicht an die Kitten heran. Tagsüber durften die Kleinen in der Wohnstube herumtoben und Viola passte auf, dass sie nicht nach draußen gelangen konnten. Schließlich hatten Dora und Bella noch andere Aufgaben auf dem Hof.

Mit knapp neun Wochen waren sie groß und geschickt genug, aus ihrem Korb herauszuklettern. Eines Morgens, Rainer wachte auf und stellte fest, dass der Katzenkorb umgekippt und die Kater nicht zu sehen waren, schaute er sich um und entdeckte die beiden tief schlafend, jeder eng angekuschelt an jeweils eine Hündin. An diesem Tag durften sie zum ersten Mal hinaus ins Freie. Begleitet von Rainer, Viola und den beiden Hunden erkundeten die zwei Fellknäuel die Umgebung um das Haus. Viel Ausdauer hatten sie jedoch nicht, denn Sommerhitze und knurrende Mägen trieben sie wieder ins Haus und an ihre Näpfe. Wie ausgewachsene Katzen begannen sie sofort nach dem Fressen mit der Fellpflege und bald danach lagen sie schlafend auf einem der Hundekissen. Rainer war zufrieden, dass Garfield und Mikesch von selbst und alleine den Weg zurück ins Haus gefunden hatten. Das bedeutete, dass sie wussten wo sie hingehörten und mit großer Wahrscheinlichkeit immer wieder dorthin zurückkommen würden.

Zufrieden lehnte er sich zurück. „So, jetzt können die Stubentiger erwachsen werden." Meinte er zu Daniela und Viola. „Noch ein paar Tage und dann können wir anfangen, Sie im Stall zu füttern wie den anderen Kater auch. Dort können sie ein- und ausgehen, wie sie wollen und benötigen keinen menschlichen

Türöffner mehr. Alles weitere lernen sie von selbst." Natürlich gab es Protest von seiner Frau und seiner Tochter, die das anders sahen. Aber Rainer meinte, er hätte seine Zusage erfüllt und wäre nun nicht mehr gewillt, die Tiere nachts zu beaufsichtigen.

Der Kompromiss war, dass die Kater nun selbst entscheiden sollten, ob sie lieber draußen bleiben wollten und sich an Perrys Futterstelle versorgten, oder ob sie im Haus sein und dort fressen wollten. Auch die Hunde schliefen in den Sommermonaten gerne draußen im Freien, im Stall oder auch im offenen Zwinger.

Kater Perry fand den Zuwachs überhaupt nicht akzeptabel. Wann immer er den beiden begegnete, brummte er, fauchte und verjagte die Kleinen. Es sei denn, eine der Hündinnen war in der Nähe und erinnerte sich an ihre Aufgabe, auf die beiden auszupassen. So gab es häufiger Zoff auf dem Hof, der aber meist nur laut und nicht wirklich gefährlich für die Tiere war. Als der Sommer zu Ende ging hatte sich das Zusammenleben weitgehend normalisiert. Viola war inzwischen eingeschult und konnte sich jetzt nicht mehr so intensiv um die Kater kümmern. Aber immer, wenn sie Zeit hatte, suchte sie die beiden und bot ihnen ein Spielchen und Streicheleinheiten an. Insgesamt aber waren sie auf sich allein gestellt.

Daniela war sich manchmal nicht sicher, ob die beiden wussten, dass sie Katzen und keine Hunde sind. So hatten sie sich das Apportieren bei den Hunden abgeguckt und brachten ab und zu vermeintliches Spielzeug wie kleine Zweige, im Wind fliegendes Laub oder ähnliches zu Daniela, damit sie es werfen und die Kater es dann jagen konnten. Vögeln sahen sie meist nur schnatternd hinterher und wenn sie mal versuchten, einen zu jagen, wirkte das eher ungeschickt. Auf Bäume klettern machte ihnen aber genau so viel Spaß wie allen Katzen. Und das konnten sie auch richtig gut. Mit einer Maus aber hatte Daniela bisher noch keinen der beiden gesehen. Dabei gab es mehr als genug davon auf dem Hof und in der Umgebung. Perry alleine konnte sie nicht alle fangen. Und ein bisschen faul war er auch.

An einem sonnigen Herbstwochenende erschien Rainer in der Küche und bat Daniela doch mal raus zu kommen, er müsse ihr etwas zeigen, dass sie sicher noch nie gesehen hätte. Neugierig folgte sie ihm auf den Innenhof. Dort saßen Dora und Bella, mit denen Rainer gerade trainiert hatte und zwischen ihnen saß in gleicher aufrechter Körperhaltung Mikesch und schaute Rainer ebenso aufmerksam an, wie die beiden Hündinnen. Er gab den Hunden wortlos das Zeichen für Platz und die beiden legten sich mit gestreckten Vorderpfoten auf den Bauch und ja, mit einer kleinen Verzögerung machte Mikesch es ihnen nach. Zum Abschluss des Trainings gab es immer „Pfote" und als Belohnung ein Leckerchen. Rainer streckte die Hand aus und Bella gab ihm ihre rechte Pfote, empfing ihren Knochen, wartete aber noch bis Dora das Gleiche tat und dann, als ob es völlig normal wäre hob der kleine Mikesch in der Mitte ebenfalls seine rechte Pfote, damit Rainer sie in die Hand nahm und ihm dann Katzenleckerli, das er natürlich auch dabei hatte, reichte, so dass es der Kater ihm aus der Hand fressen konnte. Besonders niedlich war dabei, dass Mikesch, als er die Pfote hob gleichzeitig den Kopf etwas zur Seite neigte. „Und lauft." Sagte Rainer und die Hunde trabten davon. Mikesch blieb sitzen und hob die Pfote erneut, um ein weiteres Leckerli zu ergattern. „Okay, du bist kein Hund."

Lachte Rainer und gab dem Kater das Leckerli. Daniela war fasziniert. „Wie lange hast du dafür gebraucht?" Wollte sie lachend wissen. Rainer schüttelte den Kopf. „Einmal hat er das vor ein paar Tagen gemacht. Da dachte ich, es wäre Zufall gewesen. Als er sich vorhin nach dem Training zwischen die Hunde setzte, hatte ich gehofft, dass er es wieder macht und dich gerufen. Tja, es hat geklappt. Er muss es sich abgeguckt haben."

„Und wo steckt Garfield?" Fragte Daniela und sah sich nach dem roten Tiger um. Aber Garfield war nicht zu sehen.

Am nächsten Tag saß Mikesch im Hof, als Daniela aus dem Stall kam. Er ging ihr entgegen, hockte sich vor sie hin und hob die Pfote. Für alle Fälle hatte sie Katzenleckerli in der Hosentasche und natürlich bekam Mikesch seine Belohnung.

Die kleinen Kater entwickelten sich gut. Bald brauchten sie die Achtsamkeit der beiden Hündinnen nicht mehr. Es blieb eine enge Verbundenheit, die sich hauptsächlich daran erkennen ließ, dass die Kater sehr gerne bei den Hunden lagen.

Ihre Mutter Suse war auch nach Monaten nicht wieder aufgetaucht. Niemand wusste, was mit ihr geschehen war. Danielas Ponyhof wollte einfach nicht richtig anlaufen, trotz aller Anstrengungen. Die kleine Viola war im Spätsommer eingeschult worden, was zu einer weiteren Mehrbelastung für Daniela führte. Und Rainers Geschäftsreisen zogen sich immer länger hin, so dass er seltener denn je zu Hause war. Und wenn er zuhause war, stritten die beiden. Von den Katern nahmen die Erwachsenen kaum noch Notiz. Natürlich, sie wurden gefüttert, aber niemand kümmerte sich aufmerksam um sie. Viola half ihrer Mutter im Haus und im Stall soweit das so einem kleinen Mädchen möglich war und soweit ihre Mutter es auch zuließ.

Manchmal, wenn eine Schulfreundin Viola besuchte, spielten sie mit den Katern, aber für ausgiebige Spielereien und Streicheleinheiten fehlte meist die Zeit.

Es war inzwischen Oktober geworden und die beiden Junggesellen Garfield und Mikesch stattliche, hübsche Burschen und bereit, eigene Kinder zu zeugen. Doch hier auf dem Hof und in der Nachbarschaft gab es zur Zeit keine jungen Katzendamen, die sich für einen Flirt, geschweige denn ein amouröses Abenteuer angeboten hätten. Und Bruder Perry hatte an Katzendamen kein Interesse mehr seit er kastriert worden war. Seine Anstrengungen zielten darauf ab möglichst alles, was Katze oder Kater war vom Hof, seinem Revier fern zu halten und nötigenfalls zu vertreiben. So kam es immer häufiger zu Rangeleien zwischen den beiden jungen und dem älteren Kater.

Daniela und Rainer mussten eine Entscheidung treffen. Wie fast immer in letzter Zeit waren die beiden sich in der Sache nicht einig. Sie stritten darüber, was mit den Tieren geschehen sollte. Daniela war dafür die beiden kastrieren zu lassen, Rainer war dagegen. „Dann sind sie früher oder später weg." Sagte Daniela. Sie werden nach Katzen suchen und um sich zu paaren Wochen, vielleicht Monate wegbleiben und vielleicht gar nicht zurück kommen. „Na dann kannst du doch froh sein. Wenn sie wegbleiben, hast du zwei Sorgen weniger. Wenn sie da bleiben fangen sie die Mäuse weg, die Perry nicht fängt weil er faul und satt gefressen ist von deiner Fütterung. Wenn sie wegbleiben, brauchst du kein Futter zu kaufen und sparst Geld. Die Natur regelt das alles für dich, wenn du sie lässt." Daniela war wütend. „Und dafür hast du sie mit Viola als Babys mit der Flasche aufgezogen, damit sie überleben? Dann hättest du sie ja gleich sterben lassen können, wie ihre beiden Schwestern." „Das habe ich für Viola getan." Echofierte sich Rainer. „Aber die interessiert sich ja auch kaum noch für die beiden." „Aber deine Hunde! Für die ist dir nichts zu viel und nichts zu teuer. Die dürfen sogar mit auf Geschäftsreise und mit dir in Luxushotels nächtigen, was auch jedes Mal extra kostet." Rainer leerte sein Glas und murmelte, die Küche verlassend, etwas wie, dass er sich darum kümmern würde, dass die beiden Kater woanders unterkommen würden und die Hunde nähme er nur mit, weil Daniela mit Hof, Ponys, Katzen und manchmal auch Gästen hoffnungslos überfordert wäre.

Daniela flossen Tränen über ihre Wangen, weil sie einerseits wusste, dass Viola sehr traurig sein würde, wenn die beiden Kater weggegeben würden und andererseits, weil sie glaubte, dass Rainer Recht hatte und sie mit allem überfordert war. Der Hof verursachte Kosten, die durch ein paar Reitstunden von Kindern und wenigen Übernachtungsgästen nicht gedeckt wurden. Rainer musste von seinem Gehalt und Provisionen, die er erhielt nicht nur die Familie ernähren und den Haushalt finanzieren, sondern sogar zubuttern.

Es war eine dieser milden Herbstnächte als Mikesch den Entschluss fasste etwas weiter vom Hof weg zu gehen als sonst, um nach einem Katzenweibchen zu suchen. Etwas lag in der Luft, das seinen Trieb verstärkte. Er wusste noch nicht was, aber er musste diesem Instinkt folgen und lief, wie von einer unsichtbaren Schnur gezogen in östliche Richtung. Drei Tage war er bereits unterwegs als ihm ein betörender Duft in die Nase zog. Beinahe gleichzeitig erreichte er ein kleines Dorf mit einigen wenigen Häusern, nahe am Ufer eines Flusses. Wie ein Magnet zog ihn der Duft zu einem kleinen roten Backsteinhaus dessen Vorgarten von einer kleinen roten Backsteinmauer eingefasst war. Und diese kleine rote Mauer roch nach ihr. Überall fand er ihre Markierungen und besonders intensiv roch die Fußmatte an der Eingangstür zum Haus. Hier würde er erst wieder weggehen, wenn er dieses wunderbar duftende Wesen gefunden hätte. Und damit auch sie ihn finden konnte hinterließ er für sie sein körpereigenes Parfüm überall dort, wo er ihres riechen konnte. Einen kleinen Extraspritzer setzte er gegen die Haustür, vielleicht in der Hoffnung, dass sie ihn auch von dort drinnen erschnuppern könnte, falls sie im Haus wäre. Nun hieß es warten. Mikesch durchkreuzte den Garten, beschnupperte Schuppen, Garage, Terrasse und dann... ja, dann sah er sie. Sie posierte direkt hinter einer großen, bodentiefen Fensterfront. Dort saß sie, artig den Schwanz um die Vorderpfoten gelegt und sah ihn aus bernsteinfarbenen Augen an. Ihr Fell schimmerte silbergrau mit einem dunklen Tigermuster. Er wäre sofort zu ihr hereingestürmt, wenn er denn gekonnt hätte. Doch das große Fenster war verschlossen und auch sonst hatte er keinen Zugang zum Haus gefunden, durch den er hätte eindringen können. Menschen konnte er keine entdecken, weder im Haus noch hier draußen im Garten. Seine Angebetete war das Schönste, dass er seit langem gesehen hatte. Und jetzt öffnete sie ihre Schnauze zu einem Miau, dass er zwar nicht hören konnte, was ihn aber dennoch verrückt machte. Und nun, als wäre es noch nicht genug, ließ sie sich zu Seite fallen, rollte auf die Seite und streckte ihm lasziv ihre Vorderpfoten entgegen. Er konnte nicht anders, er drehte sich um und spritzte sein Parfüm direkt gegen die Glasscheibe. Die Katze erhob sich, ging darauf zu und schnupperte daran. Doch die Scheibe verhinderte, dass der Duft zu ihr dringen konnte. Jetzt half nur noch rufen! Mikesch rief aus voller Brust. So laut uns so schön er nur konnte. Er selbst hatte seinen eigenen Kater Ruf noch nie so laut gehört.

Dann plötzlich wandte sich die Schöne von ihm ab und verließ das Zimmer. Er konnte sie nicht mehr sehen, aber irgendwo an der Seite des Hauses hörte er ein Klappern und noch bevor er begriff was los war stand sie vor ihm. Wunderschön und unerhört duftend. Ungestüm näherte er sich ihr sofort, doch sie fuhr ihre Krallen aus und schlug nach ihm, huschte an ihm vorbei in den Garten. Dort warf sie sich auf den Boden, rollte auf den Rücken, miaute als ob sie nach ihm rief und Mikesch folgte ihr. Doch immer, wenn er ihr nahe kam, wurde sie garstig, fauchte, stieß hohe, schreiende Töne aus, schlug nach ihm und lief ein Stück davon. Aber Mikesch sah nur sie. Er hörte nichts anderes, er roch nichts anderes, er wollte nichts anderes. Einige Stunden trieb sie dieses seltsame Spiel mit ihm. Allmählich wurden die Hiebe sanfter und er durfte ihr näherkommen. Aus scheinbarem Kampf war Herumtollen geworden und schließlich drehte die Schönheit ihm ihren erhobenen Hinterleib zu, drückte sich vorne tief auf die Erde und erwartete sein Eindringen, worum sich Mikesch nicht lange bitten ließ. Instinktiv machte er alles richtig. Mit einem sachten Biss in den Nacken hielt er seine Angebetete ruhig, während er heftig in sie eindrang. Nachdem er sein Erbgut in ihr hinterlassen hatte, löste sie sich mit einem lauten Aufschrei und einigen Pfotenhieben von ihm. Nach wenigen Sekunden war alles vorbei und sie preschten auseinander wie nach einem Kampf. Aber schön war es doch. Das Hasch-mich-Spiel ging weiter. Über Stunden blieben sie einander nahe, spielten, kämpften, umwarben sich, vereinigten sich bis die kleine Tigerin vollkommen erschöpft und hungrig durch ihre Katzenklappe im Haus verschwand und ihren heißblütigen Liebhaber verdutzt aber glücklich draußen zurückließ.

Jetzt, nachdem er fast vier Tage lang nichts gefressen hatte, verspürte Mikesch großen Hunger. Er hatte Zeit und Raum vollkommen vergessen und nun, da er nicht so recht wusste wo er war, keine Ahnung wo er etwas fressbares finden könnte. Im Haus seiner Angebeteten waren inzwischen Lichter angegangen und eine Menschenfrau bewegte sich durch das große Zimmer, in dem er die Katzendame zum ersten Mal gesehen hatte. Sie kam schimpfend auf den draußen hockenden Kater zu. Als sie das große Fenster aufriss und mit einem Lappen in der einen und einer Sprühflasche in der anderen Hand nur etwa zwei Meter von ihm entfernt nach draußen trat, hielt er es für besser zu verschwinden. Sie machte sich daran, seine Duftmarke von Fenster und Rahmen zu wischen. „Du kleiner Stinker, ich habe dich genau gesehen! Das ganze Haus hast du eingenebelt mit deinen Marken." Rief sie dem Kater zu, den sie gerade noch hinter den Büschen im Garten verschwinden sah. „Wo kommst du überhaupt her? Bist wohl ein Streuner!"

Es wurde eine einsame Nacht für Mikesch. Und kalt war es auch.

In dem kleinen Schuppen am Ende des Gartens fand er Unterschlupf. Hier roch es nach Mäusen, aber er fand keine einzige. Am frühen Morgen, als im Haus noch alles ruhig war, suchte er am Fenster nach seiner Liebsten. Sie aalte sich drinnen auf dem

Teppich und schaute ihn unverwandt an. Als sie aus einem der anderen Zimmer gerufen wurde, verschwand sie aus seinem Blickfeld und Mikesch setzte erneut seine Marke an genau die Stelle am Fenster, wo er gestern auch schon eine hinterlassen hatte. Schließlich sollte alles nach ihm riechen. Sein Haus, sein Garten, sein Mädchen. Und letztere musste beeindruckt werden.

Seinen Hunger hatte er schon fast wieder vergessen als er an der Katzenklappe schnupperte, hinter der seine Freundin gestern verschwunden war. Irgendwie musste dieses Ding doch aufgehen. Er versuchte es zuerst vorsichtig mit einer Pfote, dann mit der anderen und schließlich mit der Schnauze zu öffnen. Aber das Ding bewegte sich nur ganz gering. Die Klappe war versperrt. Obwohl seine Markierung vom Vortag noch gut zu erschnuppern war, setzte er eine neue darüber. Auch die anderen, die er rings um das Haus hinterlassen hatte, erneuerte er. Jetzt war es ganz klar; alles seins.

Wenig später öffnete sich die vordere Haustür und die Menschenfrau trat hinaus. In der Hand hielt sie einen Müllsack. Mikesch saß geduckt hinter der Vorgartenmauer am Straßenrand. Wieder hörte er sie schimpfen: „Wo ist bloß dieser Stinker so plötzlich hergekommen? Als ob ich nicht genug zu putzen hätte." Es war ein Selbstgespräch. Sie lief hinüber zu den Mülltonnen und wuchtete den Müllsack in eine davon, die aber auch schon ohne diesen Sack überfüllt war. Dennoch rollte sie das Ding zur Straße und ließ es unbedacht, mit halb geöffnetem Deckel dort zurück. Wenig später rückte sie mit Lappen und Spray der Haustür zu Leibe, um Mikeschs Marken zu entfernen.

Aus der halb geöffneten Tonne roch es nach Futter und allerlei Fressbarem. Der Behälter stand jetzt direkt vor der kleinen Mauer. Mikesch machte sich lang und länger und schnupperte an den herausguckenden Zipfeln des Müllsacks als wenige Meter von ihm entfernt das automatische Tor aufging und ein Fahrzeug vom Grundstück rollte. Die Insassin nahm keine Notiz von dem schwarz-weißen Kater, der sich sicherheitshalber hinter die Tonne geduckt hatte. Als das Auto hinter einem weiteren Haus abbog, machte er sich daran, irgendwie an den Inhalt des Beutels zu gelangen. Mit seinen ausgefahrenen Krallen angelte er nach den Zipfeln, aber der Sack bewegte sich kaum. Es war noch mehr Körpereinsatz erforderlich, um den Inhalt nach unten auf den Boden zu befördern. Mit einem halbherzigen Satz versuchte Mikesch auf die Tonne zu springen. Der nicht ganz geschlossene Deckel wippte unter seinem Gewicht, worüber Mikesch erschrak. Beim Absprung blieb er mit den Krallen am Müllbeutel hängen, riss denselben mit sich zu Boden und der Deckel der Tonne flog ganz auf und knallte laut gegen den Korpus. Darüber erschrak Mikesch noch mehr und schoss, den inzwischen offenen Müllbeutel immer noch an einer Kralle hängend, quer über die Straße auf die gegenüberliegende Wiese. Der Beutelinhalt war nun gut über Straße und Wiese verteilt. Nachdem der Kater den Plastikbeutel losgeworden war und sich vom Schreck erholt hatte, machte er sich daran den Inhalt bestehend aus leeren Büchsen, Tetrapacks, Alubeuteln und anderen Verpackungen, in denen eindeutig Katzenfutter gewesen war, zu beschnuppern und abzulecken. Satt wurde er davon nicht aber es half ein wenig gegen den Hunger.

Letzterer war allerdings schnell wieder vergessen, als er sie entdeckte. Seine Angebetete erschien am Tor zu ihrem Zuhause und schaute hinüber zu ihm als ob sie ihn fragen wollte: „Was machst du da?" Sittsam saß sie dort, ihren Schwanz um die Vorderpfoten gelegt und blickte auf das von ihm erzeugte kleine Chaos. Ihre Anziehungskraft war so groß, dass er den Müll und ein paar Essensreste voll kommen vergaß und sofort zu ihr herüberkam.

Das Spiel von gestern konnte erneut gestartet werden. Und es war so schön. Sie tobten über die Wiese, spielten fangen auf dem benachbarten Friedhof. Eine große Katzenliebe war entfacht und die beiden kosteten den Rausch mit der ganzen Kraft ihrer Jugend vollkommen ungestört aus. Es ging viele Tage so. Morgens, wenn die Dame und der Herr des Hauses selbiges verließen, hatten sie vorher die Katzenklappe für ihren Tiger aufgesperrt, so dass die Katze ungehindert hinaus und auch wieder hinein ins Haus konnte. Und nach zwei Tagen hatte Mikesch den Trick raus, wie er seiner Herzensdame ins Haus folgen konnte. Er musste nur nah genug hinter der Katze bleiben und rechtzeitig seine Nase unter die Klappe schieben, damit diese nicht schließen konnte sobald der Tiger hindurch geschlüpft war. So war es ihm auch möglich, von dem reichlich für die Katze bereit gestellten Futter zu partizipieren. Seine Liebste überließ ihm gern einen ordentlichen Anteil. Auch ihre Schlafplätze durfte er mit ihr teilen, wenn ihnen danach war. Doch die meiste Zeit verbrachten sie gemeinsam draußen bei ihrem katzenüblichen Liebesspiel. Nachts blieb die junge Dame im Haus, denn dann wurde die Klappe für Ein- und Auslauf gesperrt. Ein Ruf der Hausherrin genügte, um die Katze ins Haus zu locken. Mikesch schlief dann im Schuppen um morgens seine Romanze mit der hübschen Silbertigerin fortzusetzen. Nur am letzten Abend war alles anders. Sie benahm sich anders, sie roch anders. Schon im Laufe des Tages hatte sie seine Paarungsversuche mehrfach abgewiesen und sich einfach nur verschmust an ihn geschmiegt. Sie reagierte nicht auf den Ruf ihrer Besitzerin, sondern blieb stattdessen im Schuppen neben ihm liegen. Sie leckte sein Fell und es war als ob sie ihm erklären wollte, dass ihre Romanze nun zu Ende war. Sie würde bald ein oder mehrere Babys von ihm bekommen und diese groß ziehen. Sie freute sich darauf und versprach ihm, dass er in einigen Monaten wiederkommen dürfe. Aber bis dahin war es nun Zeit für ihn zu gehen. Als der Ruf ihrer Besitzerin zum dritten Mal zu hören war, verließ sie Mikesch und den Schuppen und auch er wusste genau, dass ihre intensive, gemeinsame Zeit nun zu Ende war.

Er saß im Schuppen und fühlte sich einsam. Nach Wochen dachte er zum ersten Mal wieder an seinen Bruder Garfield, an den Hof auf dem er geboren war und an die Familie, die ihn dort versorgt hatte. Auch zu den Hündinnen Bella und Dora flogen seine Gedanken. Zeit, den Heimweg anzutreten! Aber wie? Er hatte sich den Weg hierher, in das Dorf in dem er seine erste Liebe gefunden hatte, nicht gemerkt. Er kannte nicht einmal die Richtung aus der er gekommen war, wusste nicht wie weit er gelaufen war. Trotzdem machte er sich auf den Weg. Ein hübscher, stolzer Kater, der zwar noch jung aber inzwischen erwachsen war.

Zwei Jahre dauerte sein Heimweg. Er lief kreuz und quer durch Wälder, Dörfer über Schnellstraßen und riesige Felder. Er traf auf liebe Menschen, die sich um ihn kümmerten, ihm zu fressen gaben und ihn bei sich aufnahmen. Aber er blieb rastlos und zog nach Tagen oder Wochen weiter und vergaß zwischendurch wohin er denn eigentlich wollte. Er lernte andere Katzen und Kater kennen. In der einen oder anderen Kolonie verweilte er einige Zeit aber diese Begegnungen waren meist von Kampf und Verletzungen geprägt. Auch über Menschen musste er lernten, dass nicht alle nett sind und es gut mit ihm meinen. Anfang Oktober, ziemlich genau zwei Jahre nach dem er seine Suche nach dem Abenteuer gestartet hatte, erreichte er den Ort seiner Geburt. Die Sonne war bereits untergegangen und er war selbst ein wenig überrascht, als ihm klar wurde, wo er hier war.

Er hielt seine, vom letzten Kampf verschrammte Nase in die Luft. Ja, es roch fast wie Zuhause. Aber etwas war anders. Es war still. Sehr still.

Schnell lief er zum Pferdestall hinüber. Das Schlupfloch im alten Tor war sogar noch etwas größer als damals. Er konnte ohne Anstrengung hineinschlüpfen. Aber hier gab es keine Ponys. Nur etwas Stroh und Heu lag noch über den Boden verteilt und der Geruch erinnerte an die Huftiere. An der Futterstelle wo früher immer eine Portion Trockenfutter für ihn und seine Geschwister bereitgestanden hatte, stand nun gar nichts. Noch nicht einmal ein leerer Napf. Auch Hunde waren hier schon lange keine mehr gewesen. Das hätte Mikeschs feine Nase wahrgenommen.

Der Weg auf den Schober war noch der alte. Hier oben hatte sich auch nichts verändert. Einige Strohballen, ein Haufen altes Heu und einige Jutesäcke eigneten sich nach wir vor perfekt als Kater-Schlaflager. Nachdem er sich überzeugt hatte, dass hier nichts und niemand war, der ihn stören konnte, richtete er sich häuslich ein, in dem er unter einem Jutesack eine Vertiefung ins Heu tretelte und sich dort zum Schlaf zusammenrollte. Er war wieder zuhause.

Ein ganzes langes Jahr blieb Mikesch auf dem Hof. Schnell hatte er herausgefunden, dass hier keine Menschen mehr lebten. Das Haus stand leer, doch hinein konnte er nicht. Es gab keine Hühner mehr, keine Hunde, keine anderen Tiere außer, ja außer seinem Halbbruder Perry. Der kam aber auch nur, um hier zu schlafen oder die eine oder andere Maus zu fangen. Ansonsten hielt er sich mehr in der Nachbarschaft auf wo auch Mikeschs Bruder Garfield so etwas wie ein neues Zuhause gefunden hatte. Das alles hielt jedoch Perry nicht davon ab, den Hof noch immer als sein Revier zu verteidigen. Mikeschs Anwesenheit war ihm ein Dorn im Auge, woraus er keinen Hehl machte. Das äußerte sich in Form von Attacken meist aus dem Hinterhalt. Doch hier galt viel Geschrei um nichts. Mikesch nahm es gelassen, versprühte sein Markenparfüm und bewegte sich hier wie der Prinz im Schloss. Wenn es sein musste, erhielt sein Halbbruder die eine oder andere Ohrfeige. Mäuse und andere Kleintiere gab es hier zu Hauf. Und wenn es dann doch mal eng wurde, bediente er sich an den Näpfen, die die Nachbarn für Garfield und Perry bereit stellten.

Seit die Familie den Hof verlassen hatte, kümmerte sich eine Gemeinschaft aus drei Nachbarn um die beiden Kater. Sie hatten auch Garfield kastrieren lassen, damit er mit seinen Duftmarken nicht die sauberen Hauswände- und Türen versaut. Mehr aus Mitleid als aus ernsthafter Tierliebe hatte sich diese Gemeinschaft zusammengetan. Als Gegenleistung hielten die Jungs Keller, Ställe und Garagen weitgehend mausfrei. Für mehr waren die drei Familien nicht bereit. Natürlich war sofort aufgefallen, als auch Mikesch wieder daheim war und scheinbar bleiben wollte. Man hatte ihn sofort wieder erkannt und sich gewundert, dass er nach so langer Zeit noch dem Heimweg gefunden hatte. Alle paar Tage kam einer der Nachbarn auf den Hof, um zu schauen ob dort alles in Ordnung ist. Mikesch hielt sich von den Menschen fern. Auf seiner Reise hatte er zu viele schlechte Erfahrungen gemacht. Um sein Vertrauen zu gewinnen brauchte es mehr als ein paar gefüllte Futternäpfe.

Einige Tage lang hatte man Futter für Mikesch in einer Lebendfalle bereit gestellt, um ihn zu fangen und zum Kastrieren zu bringen. Doch gefangen wurde nur Perry, zwei Mal. Denn auch mit diesen Gerätschaften hatte Mikesch schon Bekanntschaft gemacht. Nie wieder würde er in einen solchen Käfig hingehen. Da würde er schon lieber verhungern. Also blieb alles wie es war. Mikesch ging und kam wie er wollte. Verschwand manchmal, wenn er auf Brautschau ging, für einige Tage und kam dann meist abgemagert und zerzaust von diversen Kämpfen mit konkurrierenden Katern nachhause auf den Hof und an die Näpfe seiner Brüder.

Dann fuhren eines Morgens schwere Baufahrzeuge auf den Hof und Menschen, die Mikesch nicht kannte liefen geschäftig überall herum und begannen mit viel Lärm viele Veränderungen herbeizuführen. Nach ein paar Tagen, vor allem nachdem man den Schober abgerissen hatte, war für Mikesch klar, dass er hier nicht mehr bleiben konnte. Er musste sich erneut aufmachen, auf zu neuen Abenteuern.

Kapitel 12

Geheimnisvoller Zappel-Philip

Außer einer Blasenentzündung, die Mary sich im Spätsommer eingefangen hatte, gab es bei der Katzenfamilie Schulz weiter keine besonderen Zwischenfälle. Anna war aufgefallen, dass Mary dauernd scharrte. Sowohl draußen als auch in den Katzentoiletten im Haus, aber nur jeweils ein paar Tropfen Urin absetzte. Die Ursache war beim Tierarzt recht schnell gefunden, behandelt und nach einigen Tagen Einnahme eines Antibiotikums ging es Mary wieder gut.

Nach wie vor versuchte Anna Taxi und Mary mit der Katzenklappe zu versöhnen. Ohne Erfolg. Im Herbst griff sie endlich konsequent zu einem drastischen Mittel. So blieb ab sofort die Klappe in der Kellertüre heruntergeklappt. Wenn die „Herrschaften" also in die Wohnung wollten, um zu fressen oder dort zu schlafen, mussten sie entweder im Keller warten bis Anna oder Ulf ihnen die Kellertüre öffneten oder so wie Frl. Schulz und Angus es längst praktizierten, die Klappe aufstoßen und hindurchgehen. Manchmal gab es Stau vor dieser Tür. Dann mussten sich Schulzi und Angus zuerst an den beiden Schwestern vorbei schieben, um durch die Klappe zu gehen. Die Zwei saßen dann immer noch staunend daneben und wunderten sich, dass Mama und Bruderherz so einfach dort hindurch spazierten. Eines Morgens, als Anna aus dem Schlafzimmer kam, lag Taxi schlafend auf dem Sofa im Wohnzimmer. Sie war durch die Katzenklappe gegangen und trotzdem noch immer am Leben. Von diesem Tag an, war dieser Mechanismus für Taxi kein Hindernis mehr und wenige Tage später hatte auch Mary verstanden, dass es nun nur noch so hinein und hinaus ging, mit Ausnahme der Haus- oder Balkontüre versteht sich. Taxi perfektionierte ihre Art, die Klappe zu benutzen. Für Taxis Größe und ihren Umfang war sie perfekt. Sie schlüpfte nach wenigen Tagen nahezu geräusch- und müheloslos hindurch. Mary tat sich schwerer. Ihre langen Beine zog sie wie lose Stiele anfangs hinter sich her, ohne sie im Knie zu beugen. Sie beugte sie erst wenn sie sie vollständig durch die Öffnung gezogen hatte und die Pfoten hinter der Klappe aufsetzen konnte. Es sah sehr unbeholfen aus für eine eigentlich geschmeidige Katze. Angus, dessen Beine nicht kürzer waren, als die von Mary, schaffte es aber, sie noch zusammen mit dem Hinterleib gebeugt durch die Klappe zu heben und dabei eine Hinterpfote kurz in der Klappenzarge aufzusetzen. Diese Technik nutzte auch Frl. Schulz. Das wirkte elegant und mühelos.

Immerhin fanden sie es mit der Zeit immer angenehmer, von Anna und Ulf unabhängig zu sein und rein und raus zu können, wann immer ihnen danach war. Um sie nicht zu überfordern, ließ Anna die Klappe im Fenster nach draußen noch hochgeklappt bis es langsam kälter wurde. Dann blieb auch diese Vorrichtung heruntergeklappt. Kein Problem mehr für die Tiere. Der Keller kühlte nicht mehr aus. Nach drei zähen Jahren war dieses Problem endlich ausgeräumt. Der nächste Winter konnte kommen.

Dieser startete relativ mild, um im Januar dann mit hohen Minusgraden die Natur einzufrieren. An einem sehr kalten Januartag hörte Anna typische Katzenkampfschreie draußen vor dem Kellerfenster. Als sie die Balkontür aufriss war aber schon alles vorbei. Angus war hereingekommen, aber draußen sah sie kein weiteres Tier. „Dann wird es wohl eine von unseren gewesen sein oder einer der Nachbarskater." Dachte sie. Hin und wieder gab es mit diesen noch Streit. Ein paar Tage später, es war nachmittags und bereits fast dunkel, saß eine schwarz-weiße Katze draußen vor der Haustüre. „Kann sich nur um Frl. Schulz oder Mary handeln." Dachte Anna, die es im Dunkeln nicht genau sehen konnte. Sie öffnete die Tür und schaute im Schein der Außenleuchte in ein schwarz-weißes, spitzbübisches Katzengesicht, das weder zu Mary noch zu Frl. Schulz gehörte. Es hatte mehr weiß. Eine Hälfte von Nase und Schnauze war weiß, ein dünner, weißer Strich verjüngte sich über der Nase bis auf die Stirn. Die weißen Stellen an Kinn und Kragen waren größer als die von Frl. Schulz und Mary. Anna war erstaunt, dass das Tier sitzen blieb und sie anschaute, anstatt vor ihr zu fliehen. „Na, wer bist denn du?" Fragte Anna spontan und schaute zwinkernd zurück. Gemächlich erhob sich das Tier und ging mit hoch gestelltem Schwanz die fünf Stufen vor der Haustür hinunter in den Garten. Anna erkannte, dass es sich um einen Kater handelte. Ohne sich noch einmal umzudrehen, verschwand er in Richtung Nachbarschaft.

Mikesch hatte in den letzten Monaten, seit er „seinen" Hof verlassen hatte die Umgebung rund um einen See erkundet. Auf der Suche nach einer ordentlichen Bleibe war er zuerst in Anns und Ulfs Nachbarschaft unterwegs gewesen und hatte dann entdeckt, dass hier an und in diesem Haus gleich drei hübsche Katzendamen lebten. Zwei waren ganz ähnlich gezeichnet wie er selbst und eine, die Kleinste, war komplett schwarz und hatte betörend schöne Augen. Aber keine der Damen wollte sich mit ihm einlassen. Aus Erfahrung wusste er, dass sich das schnell ändern konnte und darum suchte er so oft es ging ihre Nähe. Ein

Hindernis war der grau-weiße Kater, der eindeutig zur Familie gehörte, denn der verteidigte sein Revier mit großer Kraft. Zwei andere Kater waren älter und ein wenig großzügiger was seine Anwesenheit hier betraf. Die Bauarbeiten hier erinnerten ihn an den Tag, an dem er erkannt hatte, dass sein Hof nicht mehr sein Hof war und er sich erneut auf die Suche gemacht hatte. Auf die Suche nach so etwas Schönem wie der Hof für ihn gewesen war, als er noch klein war und umsorgt wurde. Nach etwas so Schönem wie er bei seiner ersten Reise in dem Dorf gefunden hatte wo er auch seine unvergessene Silbertiger-Dame kennenlernte. Ein Haus, in das Katze ein- und ausgehen konnte, ausreichend Futter und eine zuckersüße Liebste, die das alles mit ihm teilte. Das was er hier gefunden hatte war dem sehr ähnlich. Und auch die Dame des Hauses schien okay zu sein. Schade nur, dass die Katzen Ladys so gar kein Interesse an ihm zeigten und die Kater ihn am liebsten für immer verjagen wollten. Trotzdem wollte er bleiben, jedenfalls für eine Weile. Vielleicht so langer der Winter dauern würde

Anna machte sich weiter keine Gedanken über das unbekannte Tier. Sie hielt das Treffen mit dem fremden Kater für ein einmaliges Ereignis. Sicher war der kleine Kerl auf Brautschau hier vorbeigekommen und gehörte irgendwo in die etwas weiter entfernte Nachbarschaft. Er hatte ja keine Angst vor ihr gezeigt, also war er an Menschen gewöhnt. Doch schon am nächsten Tag sollte sie ihn wieder sehen. Ein Samstagmittag, keine Bauarbeiten, die Sonne schien ab und an zwischen einigen Wolken hindurch, es war kalt aber trocken und Angus wagte einen Spaziergang auf dem Grundstück. Vor dem Haus trafen er und der „Neue" aufeinander. Sekunden später gerieten sie mit lautem

Geschrei in einen Kampf. Anna hörte es und war so schnell sie konnte an der Tür. Händeklatschend und zischend wollte sie die beiden voneinander trennen. Die rollten wie ein Knäuel über den gefrorenen Boden, traten, kratzten und bissen sich. Es sah schrecklich aus. Anna rannte auf das Knäuel zu, als sie neben ihnen auftauchte trennten sich die beiden Kämpfer für einen Moment, um sich doch sofort wieder aufeinander zu stürzen. Ein Besen, der neben der Treppe stand, half Anna dabei, die Kater zu trennen und den „Neuen" auch gleich vom Grundstück zu verjagen. Angus wollte ihm folgen aber Anna konnte ihn im Nacken greifen und ins Haus tragen. Schnell verschloss sie die Klappe in der Kellertür und untersuchte ihren Kater sofort gründlich auf Verletzungen. Außer einer kleinen Schramme auf der Nase fand sie keine weiteren Blessuren, doch sie wusste, dass sich Bissverletzungen oft erst nach Tagen erkennen lassen. Angus wehrte sich grummelnd gegen die Untersuchung und nachdem sie ihn los ließ schimpfte er gegen das Eingesperrt Sein und lief aufgeregt durch die Wohnung. Schließlich versteckte er sich unter dem Sofa und Anna ließ ihn fürs erste dort hocken.

Das hatte ihr gerade noch gefehlt. Schon wieder so ein Streuner. Wieder Kämpfe, wieder erhöhte Aufmerksamkeit. Ob er sich wohl mit Katzenklappen auskannte?

Die Antwort auf die Frage erhielt sie einige Zeit später. Bis dahin gab es keine Hinweise, dass der „Neue" ins Haus kam. Seine geruchsintensiven Markierungen hinterließ er bevorzugt von außen an der Haustür und natürlich an der Katzenklappe im Kellerfenster. Aber das Futter in der Küche wurde nicht gestohlen und im Haus hatte es bisher weder Ärger noch Geruchsbelästigung gegeben. Mit den Weibchen gab es auch weniger Stress.

Klar, sie fauchten und drohten ihm, wenn er ihnen zu nahekam, aber er war ihnen gegenüber nicht ernsthaft aggressiv, eher dominant. Manchmal musste er Hiebe einstecken, mehr passierte aber nicht. Er folgte ihnen oft bis an die Katzenklappe, aber nicht hindurch. Das Geschrei war schlimmer als der eigentliche Streit. Nur zwischen ihm und Angus gab es häufig ernsthafte Kämpfe. Auch mit den Nachbarskatern legte sich der „Neue" regelmäßig an. Mindestens einmal täglich musste Anna raus um irgendwo zu schlichten. Nicht immer waren ihre eigenen Katzen betroffen. Aber immer war der „Neue" beteiligt.

Längst hatte Anna das von der „Aktion Bobo" bekannte Procedere gestartet; Den Kater fotografiert, Zettel in der Nachbarschaft und bei den Tierärzten etc. verteilt und herumgefragt, ob jemand das Tier kennt oder vermisst. Auch die Tierschutzorganisation hatte sie informiert. Eine Lebendfalle wollte man ihr in Kürze zur Verfügung stellen. Und natürlich kannte niemand diesen hübschen Kater oder wusste wohin er gehört.

Anna vermutete, dass auch er aus der gleichen Kolonie wie Bobo nämlich vom See stammte. Die Stelle, wo die alte Dame die Katzen fütterte gab es immer noch. Anna hing eine in Folie eingeschweißte Nachricht an das Törchen des entsprechenden Grundstückes mit der Bitte um einen Anruf bei ihrer Telefonnummer. Der Anruf kam prompt und die Dame bestätigte, dass ein Kater, auf den Annas Beschreibung passte, noch nicht sehr lange aber regelmäßig zum Fressen an die Station kommt. Sie hatte es also wieder mit einem Streuner zu tun.

Es fiel auf, dass für den „Neuen" alles irgendwie vollkommen normal war. Er zoffte sich mit den Katern, erfuhr Ablehnung von den Katzen, wenn er sich ihnen nähern wollte. Er wurde von Anna verscheucht und kam trotzdem immer wieder. Anna wollte ihn nicht verjagen und tat dies nur, wenn er sich wiedermal mit Angus oder einem Nachbarskater prügelte. Wenn er brav alleine irgendwo saß oder spazierte ließ sie ihn gewähren. Er trank an den Katzentränken, sofern das Wasser nicht gefroren war. Er sonnte sich auf der Terrasse oder an anderen hausnahen Stellen oder suchte dort Schutz vor Kälte und Schnee. Manchmal saß er abends außen am Küchenfenster und beobachtete Anna und ihre Katzen bei der Fütterung. Dann tretelte er aufgeregt vor sich hin, als ob er die Fensterbank dazu bewegen wollte, Milch zu geben. Auch wenn Anna mit ihm sprach, machte er das. Sein Milchtritt war so heftig, dass er regelrecht zappelte und irgendwann sagte Anna „Zappelphilip" zu ihm. Nun hatte sie einen Namen für ihn gefunden. Ab sofort hieß er Philip.

Die Lebendfalle vom Tierschutz stand bereit und Anna wollte nun damit beginnen, ihn regelmäßig zu füttern. Doch gerade jetzt tauchte Philip plötzlich nicht mehr auf. Anna fragte bei der „Futter-Omi" wie Ulf die alte Dame nannte, nach. Aber auch sie hatte ihn nicht gesehen. Sie wollte sich melden, sobald sie ihn sichtet. Nach einigen Wochen dachte Anna: „Dann hat er wohl sein Zuhause gefunden. Vielleicht auch eine Katzendame auf einem der vielen Bauernhöfe in der Umgebung." Es konnte auch sein, dass ihm etwas zugestoßen war.

Katzenfamilie Schulz vermisste ihn nicht. Im Gegenteil. Die „Damen" genossen es, nicht verfolgt zu werden, sobald sie hinaus in den Garten kamen und Angus suchte vergeblich aber zufrieden nach Mikeschs Markierungen. Endlich wieder Ruhe. Anna merkte den Katzen immer an, wenn sie Stress hatten. Sie verhielten sich anders und zankten untereinander, was, wenn kein fremder Kater ums Haus schlich kaum passierte. Sie waren geräuschempfindlicher, schliefen unruhiger, fraßen mäkelig. Mama Schulz benahm sich zeitweise wie eine Wachhündin. Bei jedem Geräusch im und am Haus sprang sie an Türen oder Fenster, brummte tief vor sich hin. Er dauerte Tage bis sie sich beruhigte. Alles was ihre Rituale und Gewohnheiten störte beunruhigte sie. Beinahe pedantisch hielt sie an gewohntem fest. So hatte sie immer eigene Wege eingeschlagen. Zum Beispiel sprang sie niemals direkt auf Annas Schoß, wenn diese auf dem Sofa saß. Nein, sie machte einen Umweg um den Couchtisch herum, sprang dann links von Anna auf das Sofa, wartete bis Anna sich vorbeugte und ging dann hinter ihr vorbei an deren rechte Seite. Hier legte sie sich direkt neben Anna oder stieg von dort auf Annas Schoß, um sich niederzulassen. Wenn sie durch die Haustüre hinaus wollte, drehte sie immer eine Ehrenrunde durch die Diele, um einen Stuhl herum, bevor sie dann stolz durch die für sie geöffnete Türe hinausschritt. Es passierte nur sehr selten, dass sie den kürzeren, direkten Weg nahm. Ihr Fressnapf musste immer an der gleichen Stelle stehen. Nur dort suchte sie als erstes nach ihrem Futter. War das darin befindliche nicht nach ihrem Gusto, schnupperte sie danach an den anderen Näpfen. Umgekehrt war das undenkbar. Sie war die unangefochtene Nummer eins der Katzenfamilie. Sie hielt die Rasselbande auf seltsame Weise zusammen, jedenfalls so wie es ihr gefiel. Keines ihrer Kinder stellte sich ihr je in den Weg oder hinderte sie am Fressen. Natürlich gingen alle ihrer Wege, aber wenn sie laut rief, dann kamen in kürzester Zeit alle aus ihren Verstecken oder von wo auch immer. So, wie es auch schon auf Mallorca gewesen war als sie noch Kitten waren. Und wenn sie zu ihr kamen, senkten sie ihre Köpfe, so dass sie sie zur Begrüßung ablecken konnte. Anna bemühte sich, die Sprache und das Verhalten der geheimnisvollen Tiere zu verstehen. Fräulein Schulz war recht eindeutig in ihrer Kommunikation. So dass Anna meistens wusste was sie wollte und wie es ihr ging.

Mitte April war Philip genauso plötzlich wieder da wie er im Februar verschwunden war. Allerdings war sein linkes Ohr ziemlich zerfetzt. Die Spitze fehlte vollständig und rechts und links bogen sich blutunterlaufene, schmale Streifen des Ohrmuschelgewebes nach vorne. Das Fell der Ohrmuschel war bis zum Ansatz abgerissen, das Gewebe in der oberen Hälfte nahezu durchsichtig. Die Verletzung sah frisch aus. Anna erschreckte sich bei dem Anblick. Auch war der kleine Kerl mager geworden. So saß er außen am Küchenfenster und miaute Anna an, die in der Küche hantierte. Natürlich war ihr weiches Katzenmamiherz sofort berührt von diesem Anblick. Sie konnte nicht anders, als ihm etwas Futter rauszubringen, das er dankbar und dabei heftig tretelnd herunterschlang. Natürlich blieb es nicht bei dieser einen Fütterung. Nächster Tag, gleiche Zeit, gleicher Ort. Aber nach dem Füttern verschwand er wieder bis zum nächsten Tag. Doch das konnte daran liegen, dass auf dem Grundstück zwischenzeitlich die Bauarbeiten zu einem Nebengebäude in vollem Gang waren. Von sieben Uhr morgens bis nachmittags um vier waren ständig Fremde vor Ort mit zum Teil schweren und lauten Baumaschinen und Baufahrzeugen. Auch die vier Mitglieder dem Familie Schulz fanden das nicht so toll und ließen sich, einmal nach draußen gegangen, solange kaum sehen, wie Bewegung und Baulärm auf dem Grundstück vorherrschte.

Für Annas Miezen interessierte Philip sich derzeit kaum. Momentan ging es ihm hauptsächlich ums Fressen. Und ganz sicher ging es ihm nicht gut. Die Parallelen zu Bobo waren unübersehbar. Am nächsten Tag brachte eine Tierschützerin die Lebendfalle. Dieses Mal sollte Anna ihn zu einer Tierarztpraxis bringen, die ein paar Kilometer weiter entfernt war, als die, zu der Anna bisher mit ihren Tieren und auch mit Bobo gefahren war. „Die Ärztin ist informiert." Sagte die Dame vom Tierschutz. „Aber sie müssen dort vorher anrufen, damit jemand das Tier außerhalb der Praxis-Öffnungszeiten in Empfang nehmen kann. Man wird dort die Wunde versorgen und den Kater kastrieren, entwurmen und chippen. Sie müssen ihn dann wieder abholen und am nächsten Tag erst wieder laufen lassen."

Anna nickte zustimmend. Sie kannte das Vorgehen ja schon von Bobo. Es war ja nur wenig länger als ein Jahr her, seit sie sich um Bobo gekümmert hatte bis er vermittelt wurde. Bobo! Anna erinnerte sich, dass sie versprochen hatte, ihn mal zu besuchen. Doch bisher hatte sie das nicht getan. Vielleicht weil sie keine schlechten Nachrichten hören wollte.

Gegen Mittag, als die Bauarbeiter Pause machten, bestückte Anna die Falle mit frischem Futter, das Philip gern mochte. Doch als ob er wüsste, dass er gefangen werden sollte, ließ der Kater auf sich warten. Erst am frühen Abend, gerade nachdem Anna das Futter aus der Falle entfernt und die Falle geschlossen hatte, tauchte er auf.

„Das hast du ja fein abgepasst." Schmunzelte Anna, wissend, dass sie um diese Zeit kaum noch jemand beim Tierarzt antreffen würde. Philip bekam sein Futter im Napf. Allerdings gab es nicht so viel wie sonst denn Anna hoffte, dass er früh am nächsten Tag zum Fressen kommen würde, möglichst bevor der Baulärm los ging.

Schon gegen sechs platzierte sie die Falle auf der Behelfsterrasse und wartete, bis er zum Fressen kam. Als er tatsächlich wenig später erschien, bestückte sie den Drahtkäfig und wartete. Von der Diele aus hatte sie einen guten Blick darauf und konnte ggfs. auch verhindern, dass eine ihrer Katzen ungewollt in die Falle ging. Philip schlich um die Falle herum, beschnupperte alles, setzte eine Pfote hinein und machte dann einen Rückzieher. Gerade so als ob er Annas Plan durchschaute. Tretelnd schaute das Tier Anna an, als es sie an der Balkontür entdeckte. Sein heiseres Miau war nicht zu überhören. Es fiel Anna schwer, hart zu bleiben. Doch wenn sie ihn jetzt normal füttern würde, wäre die Chance, ihn zu fangen für heute wieder vertan. Und das war auch nicht in Philips Interesse.

Anna versteckte sich weiter hinten, so dass er sie nicht mehr sehen konnte, sie ihn aber auch nicht und horchte. Minutenlang tat sich nichts. Dann wagte sie sich wieder vor und musste lachen. Philip lag mit eingeklappten Vorderpfoten neben der Falle und schaute wartend in Annas Gesicht. Noch gab sie nicht auf. Sie machte sich hart und ließ ihn warten. Wenig später war der Kater verschwunden, ohne zu fressen.

Abends wiederholte sich das Spielchen. Er schnupperte, setzte eine Pfote in die Falle, traute sich nicht weiter hinein und legte sich neben das für ihn seltsame Drahtgestell. Später brachte Anna ihm etwas Futter im Napf. Dass es das falsche Signal war, wusste sie. Aber er sollte auch nicht das Interesse verlieren.

Am nächsten Morgen hatte sie einen besonderen Leckerbissen für den Zappelphilip. Ein ordentliches Stückchen frisch gedünsteter Lachs, noch leicht warm und duftend. Philip kam, schnupperte und ging ohne zu zögern in die Falle. So, wie es gedacht war, trat er mit den Vorderpfoten auf den Schließmechanismus und die Falltür verschloss ihm den Rückweg. Vor Schreck ließ er das gerade aufgenommene Stück Fisch fallen und versuchte sofort aus dem Drahtgeflecht zu fliehen. Anna war zur Stelle, legte ein dunkles Badetuch über den Korb und versuchte seine Verzweiflung zu ignorieren. Sofort schaffte sie den Korb ins Auto und sprach beruhigend auf den randalierenden Kater ein. Nachdem sie Tierarztpraxis und Tierschützerin telefonisch informiert hatte, machte sie sich auf den Weg zur Praxis. Philip hatte sich inzwischen etwas beruhigt und miaute nur ab und zu leise klagend vor sich hin.

Nun saß Mikesch/Philip doch wieder in einem Käfig aus Draht. Er wollte auch gar nicht dort hineingehen, weil er schlechte Erinnerungen an solch ein Ding hatte. Aber der Fisch in dem Kasten hatte so wunderbar geduftet. Wie damals im Garten einer alten Dame, wo er auf der Suche nach seinem Hof ein paar Wochen verweilt hatte. Dort wurde er verwöhnt und angesprochen und er hatte sich sogar von ihr streicheln lassen. Und dann steckte sie sein Futter in einen solchen Drahtkasten, der sich bald als Gefängnis herausstellte, aus dem keine Flucht möglich war. Natürlich ahnte er nicht, dass die alte Dame ihn gern bei sich behalten hätte und ihn deshalb zur Untersuchung und Impfung zu einem Tierarzt bringen wollte. Der Kater randalierte so heftig in der Falle, dass er sich verletzte und sehr schnell an Krallen und Schnauze zu bluten begann. Die alte Dame erschrak so sehr darüber, weil sie ihm doch nichts Böses wollte, dass sie den Kasten sofort wieder öffnete und Mikesch zurück in die Freiheit entließ. Er rannte so schnell er konnte davon und kehrte nie mehr zu der alten Dame zurück. Und jetzt saß er wieder in so einem Kasten und dennoch war jetzt etwas anders als damals.

Die Tierärztin erwartete die beiden schon, denn sie kamen außerhalb der Öffnungszeiten. „Sie können warten." Meinte die Tierärztin. „Das dauert nicht lange." Geschickt schob sie mithilfe einer Stange Philip aus der Falle in einen der Falle ähnlichen Pferch. „Bei Streunern weiß man nie." Sagte sie, zog eine Sedierungsspritze auf und verabreichte Philip das Mittel. Als er wenige Minuten später tief und fest schlief, holte sie ihn aus dem Pferch und schaute sich zuerst seine Verletzung am Ohr an. „Sieht schlimmer aus, als es ist." Meinte sie. „Aber dichtes Fell wird an dem Ohr nicht mehr nachwachsen. Ich werde das Gewebe an der Spitze optisch ein wenig korrigieren, so dass es wieder eine halbwegs natürliche Form hat."

Gesagt getan. Die Fetzen trennte sie sauber ab und glättete die Kanten. Das Gewebe wurde desinfiziert. Das Ohr war nun etwas kürzer als das andere. Es folgte die Kastration und Anna staunte, wie schnell alles ging. Dann erhielt Philip noch eine Tinktur auf die Haut im Nacken, die Parasiten vertreibt, einen Erkennungschip seitlich am Hals unter das Fell gespritzt und zur Sicherheit ein leichtes Antibiotikum, damit sich nichts entzündet. Nach weniger als einer halben Stunde hatte Anna den tief schlafenden Philip in ihrer Transportbox im Auto und war schon wieder auf dem Heimweg.

Wie Bobo ein Jahr zuvor brachte sie Philip in der Box in den dunklen, warmen Heizungskeller, deckte sie zusätzlich noch mit dem Badetuch ab und ließ Philip ausschlafen. Die Tierärztin hatte gesagt, dass sie ihn möglichst erst nach 24 Stunden frei lassen sollte. Aber alle paar Stunden nachsehen, ob alles mit ihm in Ordnung ist und ob er langsam aufwacht.

Anna hielt sich an die Vorgaben und schaute den Tag über, mehrmals nach ihm. Als sie am frühen Abend die Tür zum Heizungskeller öffnete lag der Geruch von Katzenurin und Markierungssekret so schwer im Raum, dass es ihr fast die Luft abschnürte. Philip hatte sich in die alleräußerste Ecke der Transportbox gekauert und sah Anna an. Sie erkannte, dass das Fließ, das unter ihm lag völlig durchnässt war. Sie musste es irgendwie versuchen, zu erneuern. Auf jeden Fall musste das verschmutzte Fließ raus aus dem Kasten. Der Kater sollte nicht noch die ganze Nacht auf diesem nassen, stinkenden Untergrund liegen.

Sie holte ein frisches Fließ, legte es neben den Korb auf den Boden und öffnete ganz vorsichtig die Gittertür der Box nur einen Spalt weit, um das verschmutzte Fließ herauszuziehen, ohne dass Philip türmen konnte. Da er so still da hinten hocken blieb, war sie sicher, dass es funktionieren würde. Sie zog das Fließ zentimeterweise und ganz vorsichtig durch den Spalt und behielt Philip dabei im Auge. Als sie das triefende Teil fast vollständig herausgezogen hatte, machte Philip einen kurzen, kraftvollen Satz auf Anna zu. Mit ganzem Körpereinsatz drückte er die

Klappe auf und war auch schon, geschmeidig und blitzschnell, zwischen den Heizöltanks verschwunden. Anna war vollkommen überrascht, dass der Kater bereits wieder über so viel Kraft und Schnelligkeit verfügte. Es war ihr nicht möglich gewesen, die Boxen Tür festzuhalten, auch aus Furcht, das Tier womöglich noch zusätzlich zu verletzen. Zum Glück war die Kellertüre geschlossen, so dass er nicht nach draußen fliehen konnte. Jetzt hockte er knurrend zwischen den Öltanks hinter der einen Meter hohen Feuerschutzmauer. Anna konnte ihn sehen, aber sie kam nicht an ihn heran. Sie hielt einerseits die Mauer im Blick, andererseits nahm sie den übelriechenden Transportkasten am Griff und brachte ihn schnell in den Flur vor dem Heizungskeller. Die schwere Feuerschutztür zum Heizungskeller fiel hinter ihr ins Schloss. Immerhin, Philip war dort in Sicherheit und konnte nicht entkommen. Doch sie wollte noch einmal dort hinein, um ihm frisches Wasser, eine Katzentoilette und ein Bettchen zu bringen. Es ging besser, als sie nach der Ausbruchsaktion befürchtete. Philip blieb zwischen den Tanks und Anna konnte alles hineinbringen ohne dass er einen weiteren Ausbruchsversuch unternahm. Er wäre auch nicht sehr weit gekommen, nur bis in den Flur. Und dort gab es keinerlei Versteckmöglichkeiten.

Im Heizungskeller war Philip sicher. Er hatte einen trockenen, warmen Schlafplatz, konnte trinken und sich erholen. Anna entschied, ihn über Nacht dort ganz in Ruhe zu lassen. Am nächsten Morgen bestückte sie Philips Fressnapf mit frischem Futter und stellte ihn an die gewohnte Stelle auf der Behelfsterrasse. Dann ging sie hinunter in den Keller, um nach ihm zu sehen und ihn frei zu lassen.

Philip hockte wie abends zuvor zwischen zwei Heizöltanks und sah Anna, die über die Schutzmauer schaute, ängstlich an. Es wirkte, als ob er die ganze Nacht dort gesessen hätte. Sie ließ die Tür zum Heizungskeller weit offen und auch die Kellerausgangstür öffnete sie, in der Hoffnung, dass er das wahrnimmt und hinausläuft. Aber Philip kam nicht freiwillig aus dem Keller. Auch drei Stunden später saß er noch, wie festgeklebt an der gleichen Stelle. Es half kein gutes Zureden, es half kein Lärm. Philip schaute Anna nur verängstigt an. Der Spalt zwischen den beiden Tanks war gerade so breit, dass eine schlanke Katze dazwischen passte. Am Mittag entschied sich Anna, vorsichtig einen Besen zur Hilfe zu nehmen. Und tatsächlich, als Philip den Besen sah, der sehr langsam von oben auf ihn zu kam, fasste er sich ein Herz und sprang fauchend auf die Mauer, hinunter in Richtung Tür und huschte schließlich durch den Flur hinaus in die Freiheit. Er war draußen schnell unterwegs und Anna hatte Mühe, ihm zu folgen, um zu sehen wohin er wollte. Kaum uns Haus herumgerannt, stoppte er als er seinen gefüllten Futternapf sah, lief sofort hin und machte sich hektisch über das Futter her. Sein Hunger war also sehr groß. Kaum, dass der aufgefressen hatte, verschwand er unter dem Zaun hindurch in die Nachbarsiedlung. Anna blieb nichts anderes übrig, als ihm nachzuschauen. An diesem Tag ließ Philip sich nicht mehr blicken. Anna rief nach ihm und klapperte mit Futternäpfen und Trockenfutter, aber er kam nicht. Zu ihrer Überraschung saß er am folgenden Morgen an seinem Futterplatz und schaute Anna erwartungsvoll an. Er tretelte wild auf dem Holzfußboden herum. Es sah einfach aus als ob er zappelte. Anna fand den Anblick amüsant, brachte ihm ausreichend Futter und etwas Katzenmilch. Natürlich ging er ein paar Meter zurück in den Garten, um einigen Sicherheitsabstand zu Anna zu wahren. Als sie wieder im Haus war, machte er sich schleunigst über alles her und ließ nichts übrig. Zu Annas Überraschung blieb er am Fressplatz sitzen, bis die Baufahrzeuge aufs Grundstück fuhren. Dann suchte er sich woanders einen ruhigeren Platz.

So hielt es Familie Schulz auch. Früh morgens fraßen sie sich satt. Und je nach Bewegung und Lärm auf dem Grundstück verschwanden sie entweder im Keller des Hauses oder bei trockenem Wetter irgendwo in der Nachbarschaft. Meistens sah Anna sie erst wieder, wenn die Bauarbeiter Mittagspause oder Feierabend machten. Und Philip schloss sich innerhalb weniger Tage diesem Rhythmus an. Sein Sicherheitsabstand zu Anna wurde immer geringer und gut drei Wochen nach der Kastration blieb er an seinem Futterplatz sitzen und wartete auf seine gut gefüllten Näpfe. Dabei beobachtete Anna eine seltsame Angewohnheit. Immer wenn sie sich ihm näherte, und dabei war es egal ob mit oder ohne Fressnapf in der Hand, hob er seine rechte Pfote. Zuerst dachte sie, er wolle nach ihr schlagen, doch das passierte nicht. Sobald sie ihm einen Fressnapf hinstellte, blieb die Pfote unten.

Streit und Prügeleien mit den anderen Katzen gab es kaum noch, allerdings unternahm er immer häufiger Hausbesuche. Denn so eine Katzenklappe war für Philip null Problemo. Manchmal gab es dann Stress im Haus, denn mit seinen Besuchen drinnen waren die „Schulzens" nicht so ganz einverstanden was dann auch durch alle möglichen Laute und Drohgebärden deutlich gemacht wurde. Aber er hielt sich nie lange drinnen auf. Sobald er Anna oder Ulf wahrnahm, verschwand er wieder nach draußen. Anna schloss nachts immer noch die Klappe, wenn alle außer Philip im Haus waren. Und tagsüber räumte sie sicherheitshalber das Futter weg, damit er keinen Anlass hatte, noch häufiger nach drinnen zu kommen. Eine Art Ritual hatte sich binnen weniger Wochen eingespielt bis zu einem Samstagmorgen. Ulf war draußen an der Baustelle und Anna wollte ihm vorführen, wie das mit der Fütterung von Philip morgens so abläuft. Sie trat mit zwei Näpfen bewaffnet auf die Behelfstreppe zur Terrasse und wollte hinunter zu dem Kater gehen, der wie immer zappelnd auf sie wartete. Und dann geschah es; Philip kam ihr entgegen, stieg auf die zweite Treppenstufe und stieß seinen Kopf kräftig gegen Annas Waden. Gerührt und regungslos blieb sie stehen und schaute Ulf an, der nur schmunzelte und schulterzuckend meinte: „Sieht aus, als hättest du einen neuen Freund." Philips Schmuserei war so heftig, dass Anna sich keinen Zentimeter vorwärts bewegen konnte. Sie hatte beide Hände voll und der Kater schlang sich auf der Behelfstreppe zwischen ihren Beinen durch, so dass sie Mühe hatte, die Balance zu halten. Schließlich wollte sie ihn weder wegschubsen noch auf einem Bein stehen. Erst als Ulf langsam auf die beiden zuging, sprang Philip hinunter zu seinem Futterplatz und erwartete zuerst zappelnd und dann mit erhobener Pfote sein Menü. Der Bann war gebrochen und Philip wirkte von diesem Moment an auf Anna und Ulf wie entfesselt. Philip/Mikesch hatte beschlossen nun doch wieder Freundschaft mit Menschen zu schließen. Zu vertrauen, Nähe zu genießen und natürlich auch, sich streicheln zu lassen, ob es den anderen Katzen gefiel oder nicht.

Kapitel 13

Katzen, die Besitz ergreifen

Sind Katzen anspruchsvoll oder werden sie von ihren Menschen verwöhnt? Philip war nicht verwöhnt. Nicht von seinem Leben und nicht von Anna, denn die hatte bisher kaum Zeit und Gelegenheit, Philip zu verwöhnen. Aber Philip war anspruchsvoll, irgendwie. Anna war jetzt „seine" Anna. Draußen konnte sie kaum noch einen Schritt gehen, ohne dass Philip sich um ihre Beine schob. Das war vor allem auf der Behelfstreppe nicht ganz ungefährlich. Aber schlimmer war, dass der Kater förmlich Besitz von ihr ergriff. Wenn er nicht zufällig gerade irgendwo tief und fest schlief, war er in ihrer Nähe bei allem was Anna draußen machte. Das führte auch dazu, dass sich ihre eigenen Miezen ihr kaum noch näherten. Denn wenn sie Anna zu nahe kamen, sprang Philip auf sie zu. Es wirkte nicht direkt aggressiv aber irgendwie dominant und Anna tat es leid, dass ihre Süßen nur noch im Haus zu ihr kamen, wenn Philip nicht dabei war. Es nützte auch nicht viel, wenn sie sich draußen von ihm entfernte und ihn auch mal vorsichtig wegschob. Er ließ sich nicht abwimmeln. Kam immer wieder zu ihr und Frl. Schulz, Mary, Taxi und Angus sahen aus sicherer Entfernung zu. Sie waren einfach viel zu lieb und unternahmen nichts, um Herrn Hoppla-hier-komm-ich Grenzen zu setzen. Nach kurzer Zeit gab es kein Tabu mehr für den Kater. Er kam ins Haus, suchte nach Anna und wollte immer nur in ihrer Nähe bleiben. Schließlich kam er zur Fütterung ins Haus und auch hierbei kannte er keine Hemmschwelle. Er drängelte sich vor und die anderen machten ihm grummelnd Platz am Napf. So entdeckte Anna per Zufall, dass dieser kleine Kerl auf Kommandos hörte. Mary und Taxi hatten ihre

Schnauzen in den Näpfen, als Philip in die Küche wollte um sich seinen Teil vom Buffet zu sichern. Spontan schimpfte Anna: „Nein Philip, stopp. Bleib im Flur du musst doch längst satt sein.!" Und Philip blieb im Flur sitzen, tretelnd und hoch aufmerksam und hob seine linke Pfote. „Reagiert wie ein Hund." Dachte Anna. Kopf schüttelnd reichte sie ihm eine Hand und griff vorsichtig nach seiner Pfote. Der Kater sah sie erwartungsvoll an. Mary und Taxi schlangen ihre Näpfe leer und schossen an den beiden vorbei ins Wohnzimmer. Als Anna die Pfote losließ wartete der Kater noch immer, aber worauf? Wieder hob er die Pfote und Anna versuchte es mit einem Leckerbissen. Er nahm ihn vorsichtig aus ihrer Hand und blieb brav sitzen. Er tretelte, aber die Pfote blieb nun unten. Er schaute zu den Fressnäpfen, in denen noch wenige Reste waren. „Na dann friss!" Sagte Anna mit einer entsprechenden Handbewegung und er machte sich schnell über die Reste her.

In den folgenden Tagen versuchte sie es mit allen möglichen Worten, die ihr aus dem Umgang mit Hunden geläufig waren. Und tatsächlich. Der Kater reagierte auf Bleib, Stopp, Lauf, Komm und Pfötchen oder auch Pfote. Es funktionierte nicht immer, aber meistens konnte sie sein besitzergreifendes Gehabe damit eindämmen. So war es dann auch wieder möglich, dass sie risikofrei, ohne den Kater zwischen den Füßen, herumgehen konnte. Sie war sicher, dass Philip einmal in einem Haushalt mit Hunden gelebt haben musste. Es wunderte sie deshalb auch nicht, als ihr Freund und Nachbar mit den Dalmatinern ihr erzählte, dass Philip auf dessen Grundstück umherstreift, als ob es völlig normal wäre und man denken könnte, er würde die Nähe der Hunde suchen. Er hatte null Respekt vor den großen Hunden und spielte sogar mit ihnen. Gut, dass die Hunde ebenfalls an Katzen gewöhnt waren, denn die Züchterin, von der sie stammten, hatte auch immer Katzen gehabt.

Philip blieb irgendwie dominant, aber diese Eigenschaft schien beherrschbar. Das Zusammenleben mit Familie Schulz normalisierte sich und tatsächlich beobachtete Anna, wie Angus und Philip miteinander spielten. Nur kurz zwar, aber immerhin.

Philip schien sich wohlzufühlen und Annas eigene Tiere lebten mit dem neuen Familienmitglied. Aber es war Anna klar erkennbar, dass sie nicht wirklich glücklich mit der Situation waren und sich immer noch viel zu häufig von Philip unterbuttern ließen.

Inzwischen war es Sommer und Anna war so häufig wie möglich draußen im Garten. Die Bauarbeiten machten gute Fortschritte und es wurde bereits das Richtfest geplant. Nachmittags und am Wochenende saß sie auf der Behelfsterrasse oder verrichtete leichte Aufräumarbeiten auf dem Grundstück. Immer begleitet von mindestens einer eigenen Katze und natürlich Philip. An einem Nachmittag beobachtete sie wie Frl. Schulz durch die Klappe aus dem Keller kam und sich auf den Weg machte, einen Platz für ihr Geschäftchen zu finden. Philip, der bei Anna auf der Terrasse gelegen hatte, folgte ihr wie einem Beutetier in schnellem Schleichschritt. Zuerst dachte Anna, dass der Kater spielen wollte, aber das war nicht seine Absicht. Er stoppte seinen Lauf etwa eineinhalb Meter vor Frl. Schulz, die den Kater überhaupt noch nicht bemerkt hatte. Er wartete bis sie eine kleine Vertiefung in die lose Erde gegraben hatte und sie sich darüber hockte, um sich zu entleeren. Dann sprang er ihr mit einem einzigen Satz auf den Rücken, biss sie heftig in den Nacken, dass sie schrie und sich wehrte. Anna schrie den Kater an und lief so schnell sie konnte zu den beiden kämpfenden Tieren. Sie war wütend auf Philip angesichts dieser hinterhältigen Attacke und jagte ihn ein gutes Stück durch den Garten, bevor sie sich Schulzi zuwandte und ihre „Große" auf Verletzungen untersuchte. Die arme Katze war vollkommen irritiert und suchte ängstlich Schutz unter den Koniferen. Noch am selben Tag musste Anna zusehen, wie Philip das gleiche bei Taxi probierte. Doch Taxi ahnte was er vor hatte. Sie drehte sich rechtzeitig zu ihm um, fauchte ihn an und knurrte, dass Anna es bis ins Haus hören konnte. Er blies seine Attacke ab und rollte sich stattdessen vergnügt über den Boden, als ob er kein Wässerchen trüben könnte. Wieder eine Aufgabe für Anna, bei der sie sehr genau hinsehen musste. Sie hatte mal einen Artikel über Mobbing unter Katzen gelesen und was Philip hier trieb, glich eins zu eins einem beschriebenen Beispiel. Im Laufe einer Woche hatte Philip mehrere Attacken auf seine kätzischen Mitbewohner verübt oder versucht zu verüben. Eine gewisse Dunkelziffer bestand, dessen war sich Anna klar, denn sie konnte nicht Tag und Nacht auf die Katzen aufpassen. Zu den Attacken beim Versuch, ihr Geschäft in Ruhe zu erledigen, beobachtete Anna auch Attacken an den Klappen. Dann saß Philip z.B. außen an der Klappe des Kellerfensters und wartete bis eine andere Mieze ins Haus wollte. Dann ließ er sie bis zur Hälfte durch die Klappe gehen und schlug sie dann auf den Po oder angelte nach ihrem Schwanz. Das führte natürlich dazu, dass sie gar nicht durch die Klappe gingen, sondern draußen verharrten, bis Philip sich entfernte oder selbst nach drinnen ging. Und dann konnte es passieren, dass er sie drinnen erwartete und sie als erstes ein paar Pfoten Hiebe auf den Kopf bekamen. Anna konnte dabei nicht eindeutig ausmachen, ob er aggressiv handelte oder es einfach nur lustig fand, die anderen zu ärgern. Sie griff ein, wann immer sie Attacken bemerkte aber Philip steckte ihre Schimpftiraden einfach so weg.

Anna fand das alles sehr schade, denn sie hätte den gescheiten Kater gern als Familienmitglied behalten. Doch sie sah, dass ihre Lieblinge immer mehr unter seiner Dominanz litten und wusste, dass sie etwas unternehmen musste.

Schon mehrfach hatte sie die Tierschützer kontaktiert und nach einer anderen Pflegestelle für Philip gefragt, aber immer hieß es, es sei keine frei.

Derweil fühlte Philip sich sichtlich wohl. Ihm gehörte alles und jeder, sogar Ulf war vor seinen Schmuseanfällen nicht sicher. Für den Kater schien das alles total normal zu sein. Zum Glück erhob er im Haus noch keinen Anspruch auf die Lieblingsschlafplätze der Familie Schulz. Philip zog es vor, draußen in einem alten Stuhl auf der Behelfsterrasse zu nächtigen. Manchmal, wenn es regnete lag er gern auf einem Läufer im Flur. Ein Platz, den ihm die anderen gerne überließen.

Die Attacken auf wehrlose Geschäftverrichter wurden häufiger. Inzwischen folgte er ihnen auch an ihre Plätze außerhalb des Grundstücks, wo Anna nicht eingreifen konnte. Es musste etwas geschehen. Anna rief die Leiterin des örtlichen Tierschutzvereins an und erzählte ihr erneut von den Problemen mit Philip. „Er braucht ein Zuhause, wo er als Kronprinz alleine herrschen kann. Mit einem Hund kann er sich bestimmt gut arrangieren aber mit Katzen wird es nicht funktionieren. Ich habe einen Platz in einem Tierheim gefunden. 30 km von hier. Wenn Sie weiterhin keine Möglichkeit sehen, den Philip unterzubringen, muss ich ihn dahin bringen. Alleine um meine eigenen Tiere vor ihm zu schützen. Die sind einfach viel zu lieb."

Die Dame zeigte sich verständnisvoll, fand aber die Idee mit dem Tierheim nicht gut. Sie wolle sich nochmal vereinsintern umhören und sich dann melden.

Drei Tage später kündigte sie an, dass sie einen Durchgangsplatz für Philip gefunden hätte und ihn in die Notvermittlung nehmen würde. Das bedeutete, dass er vermittelt werden konnte, ohne dass eine Schutzgebühr vom evtln. neuen Besitzer zu zahlen wäre. Dafür behielt der Verein ein Auge auf den Kater und würde sich regelmäßig vergewissern, dass es ihm im neuen Zuhause an nichts fehle. Für Anna klang das vernünftig und sie bereitete Philips Abholung für den übernächsten Tag vor.

Ohne Probleme konnte sie ihn ins Haus locken und mit ein paar Trockenfutterkroketten in die kleine Diele, in der er sich nicht verstecken konnte. Arglos ließ er sich streicheln und von Anna mit dem Mamagriff hochnehmen und in die Transportbox setzen. Er randalierte zwar ein wenig, aber nachdem die Box dunkel abgedeckt wurde, war er ruhig und miaute nur ab und zu leise vor sich hin. Anna war es schwer ums Herz. Aber was sollte sie tun? Wenn sie, was sie sehr gern gemacht hätte, Philip behielt, wären ihre eigenen Miezen seinen ständigen Mobbingattacken ausgesetzt und unglücklich. Das konnte sie bereits deutlich an deren Körperhaltung und ihrem gesamten Verhalten erkennen. Sie waren nicht mehr so happy wie vor Philips Eintreffen. Es gab keine spontanen Spielereien mehr auf der Wiese, keine

Spaßjagden mehr auf die Obstbäume. Immer hatte Philip seine Pfoten mit im Spiel und verdarb ihnen den Spaß allein durch seine Anwesenheit. Anna konnte den Kater im Käfig jetzt noch nicht einmal ansprechen, weil es sich anfühlte, als ob ein Knoten in ihrer Kehle festsäße. Ihr Herz klopfte heftig als wenig später das Auto der Tierschützerin auf das Grundstück fuhr, aber sie war sich sicher, das Richtige zu tun. Es kam zu keinem großen Gespräch zwischen den Frauen. Philip wurde in der Box in Empfang genommen, die Transportbox im Kofferraum des Kombis deponiert. Die Dame lehnte dankend Philips Lieblingsfutter ab, das Anna ihr noch mitgeben wollte und machte sich sofort auf den Weg zu Philips neuer „Bleibe".

In den folgenden drei Tagen hörte Anna nichts von den Tierschützern. Sie dachte oft an das kluge Kerlchen und hoffte sehr, dass man ein gutes neues Zuhause für ihn finden würde. Schließlich erhielt sie eine Nachricht mit einigen Fotos von Philip in einem für Katzenbedürfnisse umfunktionierten Hundezwinger. Er sah dem Gehege ähnlich, das Ulf damals hier für ihre Katzenfamilie ans Haus gebaut hatte, als sie mit den Tieren von Mallorca hierhergezogen waren. „Keine Sorge." Schrieb die Tierschützerin. „Der Zwinger hat schon oft als Zwischenstation für Katzen gedient. Wir können ihn ja nicht laufen lassen, bevor er vermittelt wird. Aber viele nennen meinen Mann den Katzenflüsterer und auch Philip konnte sich bereits ein bisschen mit ihm anfreunden. Nächste Woche haben wir eine Anzeige in der Regionalpresse geschaltet und hoffen auf gute Resonanz. Ich informiere Sie weiterhin über alles, den Kater betreffend.

Unterdessen zog wieder etwas mehr Leichtigkeit in Annas und Ulfs Familienleben mit vier Samtpfoten ein. Es brauchte nicht mehr so viel Wachsamkeit, weil draußen im und um den Garten kein Philip mehr auf der Lauer lag, um die Mitglieder der Katzenfamilie Schulz zu attackieren und zu jagen. Diese Ruhe tat vor allem Anna gut. Auch wenn sie ein schlechtes Gewissen hatte, dass Philip jetzt vorübergehend in einem Zwinger leben musste. Wäre er doch nur nicht so dominant gewesen. Er hätte ein schönes Zuhause gehabt mit Familienanschluss, aber er wollte schier alles für sich alleine. Und das war nun mal unmöglich. Auf samtpfotige Anhänglichkeit musste Anna nicht verzichten. Frl. Schulz und Taxi hatten sehr schnell bemerkt, dass Philip nicht mehr in der Nähe war. Sie gingen Anna kaum von der Seite wenn sie draußen war und wussten scheinbar immer wo sie ist. Auch Angus und Mary sah Anna jetzt wieder länger und häufiger im Garten, wenn keine Bauarbeiten stattfanden.

Als Anna die Anzeige in der Zeitung fand, freute sie sich, dass ihre Anregungen komplett in den Text der Anzeige eingeflossen waren. Ein schönes Foto von Philip hatten sie gemacht und dabeistand: „Notfallvermittlung! Kater Philip, ca. 4 Jahre alt, sucht dringend ein neues, möglichst katzenerfahrenes Zuhause. Philip versteht sich gut mit Hunden, sollte aber als Einzelkatze gehalten werden. Er ist Freigang gewöhnt und den sollte er nach Eingewöhnungszeit auch bekommen."

Zehn Tage nachdem die Anzeige erschienen war, bekam Anna über die Tierschützer eine weitergeleitete Nachricht von Philip, die seine neuen Besitzer für ihn geschrieben hatten. Mit einem Foto auf dem er gut erkennbar tretelte: „Bin gut angekommen. Futter schmeckt, Familie ist lieb zu mir, es gibt Streicheleinheiten, der Sohnemann heißt auch Philip, der Hund spielt mit mir und die Katzentoiletten sind nur für mich allein. Das ist toll."

147

Dabei stand vom Tierschutz: „Philip hat es gut angetroffen und sich scheinbar schnell eingelebt. Die dreiköpfige Familie lebt 35 km entfernt von hier und hatte immer eine Katze und einen Hund. Der 12jährige Junge heißt auch Philip, aber Philip bekommt trotzdem keinen neuen Namen. Der Garten ist gut gesichert, so dass Philip sehr bald auch nach draußen darf."

Anna war erleichtert. Sie hoffte für ihren Zappelphilipp, dass er bis an sein Lebensende bei dieser Familie bleiben kann und alles gut für ihn weitergeht. So gut wie es jetzt auch für ihre „Katzenbande" ohne Philip weitergehen würde. Und sie hoffte, dass sich nie wieder ein Streuner zu ihnen verirren würde. Viel zu schön war es ihren eigenen Samtpfoten zuzusehen, wie sie entspannt im Gras lagen, sich genüsslich das Fell pflegten und an manchen Abenden Anna und Ulf ihre Tollereien vorführten. Anna war sich sicher, dass Fräulein Schulz, Angus, Mary und Taxi jetzt wieder glücklich und zufrieden waren. Auch wenn die beiden Kater von Nachbar Freddy ab und zu vorbeischauten, störte sie das nicht wirklich.

Philip fühlte sich auch Wochen später bei der neuen Familie noch gut aufgehoben. Alle hatten Zeit für ihn. Hier stand er im Mittelpunkt. Er musste mit keiner anderen Katze um menschliche Zuwendung buhlen. Mit Hund „Doggi" verstand er sich bestens und er liebte es mit ihm durch den Garten zu toben. Philip gab Pfötchen, reagierte auf Kommandos, die eigentlich meist Doggi galten aber immer für fröhliches Gelächter und gute Laune sorgten. Er genoss es, wenn andere Menschen zu Besuch kamen und er zusammen mit Doggi seine „Tricks" vorführen konnte. Dann gab es Leckerlis für beide zur Belohnung. Das Einzige was ihn noch störte war, dass er den Garten nicht

verlassen konnte, um in der Nachbarschaft herum zu streifen.
Aber NOCH hatte er ja nicht alles versucht.....